8128

수학 탐정단과
이차방정식의 개념

5

수학탐정단과 이차방정식의 개념

청소년 수학소설 십대들의 힐링캠프, 중학수학(3학년 1학기)

[십대들의 힐링캠프®] 시리즈 NO.54

지은이 ㅣ 박기복
발행인 ㅣ 김경아

2022년 11월 4일 1판 1쇄 인쇄
2022년 11월 11일 1판 1쇄 발행

이 책을 만든 사람들
책임 기획 ㅣ 김경아
기획 ㅣ 김효정
북 디자인 ㅣ KHJ북디자인
표지 삽화 ㅣ 발라
교정 교열 ㅣ 좋은글
경영 지원 ㅣ 홍종남

이 책을 함께 만든 사람들
종이 ㅣ 제이피씨 정동수·정충엽
제작 및 인쇄 ㅣ 천일문화사 유재상

청소년 기획위원
정가인, 양태훈, 양재욱

출간전 도서품평단
한선민

출간전 베타테스터
이호찬

펴낸곳 ㅣ 행복한나무
출판등록 ㅣ 2007년 3월 7일. 제 2007-5호
주소 ㅣ 경기도 남양주시 도농로 34, 301동 301호(다산동, 플루리움)
전화 ㅣ 02) 322-3856 팩스 ㅣ 02) 322-3857
홈페이지 ㅣ www.ihappytree.com
도서 문의(출판사 e-mail) ㅣ e21chope@daum.net
내용 문의(지은이 e-mail) ㅣ yesreading@gmail.com
※ 이 책을 읽다가 궁금한 점이 있을 때는 지은이 e-mail을 이용해 주세요.

ⓒ 박기복, 2022
ISBN 979-11-88758-55-5
"행복한나무" 도서번호 : 156

설정 해설

이 소설은 수학탐정단 시리즈 4권(중2-2) 『수학탐정단과 피타고라스』에서 이어지는 이야기입니다.

이 소설은 현실 세계가 아니라 메타버스 세계를 배경으로 펼쳐진다. 메타버스(metaverse)는 '더 높은', '초월한'을 뜻하는 메타(Meta)와 '우주', '경험 세계'를 뜻하는 유니버스(Universe)가 더해진 말로, 가상과 현실이 뒤섞인 디지털 세계, 새로운 세계를 뜻한다.

메타버스를 한마디로 정의하면 '아바타(Avatar)'로 사는 세상이다. 아바타(Avatar)는 원래 힌두교에서 지상에 내려온 신의 분신을 뜻하는 용어다. 인터넷에서는 본인이 아닌 분신을 지칭하는 용어로 쓴다.

넓게 보면 인터넷에서 사용하는 별칭, SNS 등에서 자신을 나타내는 데 쓰는 사진, 게임에서 사용하는 캐릭터 등도 모두 아바타다.

소설 속 아바타는 현실 인간과 신경연결망을 통해 이어진다.

신경연결망은 아바타를 조종하는 현실 사람과 메타버스에서 움직이는 아바타를 연결하는 전자장치다.

아바타가 느끼는 감각을 실제 현실에서도 그대로 느끼게 하며, 현실 사람이 표현하는 감정과 동작을 아바타에 그대로 전한다. 감각이 결합하는 정도는 사용자가 자유롭게 설정할 수 있다.

아바타는 현실에 사는 사람과 마찬가지로 일정한 힘을 계속 충전해야 한다. 아바타를 유지해 주는 힘을 지칭하는 용어가 '알짜힘'이다. 알짜힘이 사라지면 메타버스에 사는 아바타가 소멸하고, 아바타가 찬 아이템팔찌에 보관된 아이템도 같이 소멸한다. 별도의 개인보관함에 둔 아이템은 사라지지 않는다. 다시 로그인을 하면 메타버스에 같은 아바타로 접속이 가능하며, 개인보관함에 있는 아이템으로 꾸미기가 가능하다. 아바타가 소멸되지 않게 하려면 줄어든 알짜힘을 회복하게 해 주는 생체물약을 복용해야 한다.

차례

※ 모든 등장인물 이름은 메타버스 안에서 쓰는 별칭이다.

수학탐정단 연산균, 고난도, 황금비, 미지수지, 나우스가 단원이며, 연산균이 모둠장이다. 메타버스 안에서 벌어지는 수상한 음모를 수학으로 파헤친다.

고난도 희귀한 아이템을 즐겨 모으는 수집광이다. 관찰력이 매우 뛰어나고, 한정판이 걸리면 능력치가 한없이 올라가 평소에 못 했던 일들도 손쉽게 해낸다.

황금비 한때 전투행성에서 유명했던 최강 전사다. 특별한 사건을 겪은 뒤 잠시 청소년 구역에서 평범하게 지내는 중이다. 사건이 터지자 최강 전사로서 실력을 서서히 발휘한다.

연산균 수학탐정단을 이끄는 모둠장이다. 모자를 좋아해서 다양한 모자를 수집하고, 늘 모자를 쓰고 다닌다. 마음씨는 착하지만 소심하고 눈치를 많이 본다.

미지수지   모델처럼 외모를 독특하게 꾸미길 좋아한다. 남들 눈치를 보지
않고 자기 색깔을 고집하며 손에는 늘 거울을 들고 다닌다.

나우스   새로운 아이템으로 아바타 외모를 끊임없이 바꾸는 걸 좋아한
다. 실력을 제대로 선보인 적은 없지만 대단한 실력자로 평가
받는다.

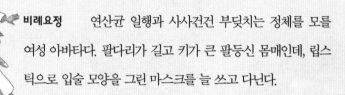

비례요정   연산균 일행과 사사건건 부딪치는 정체를 모를
여성 아바타다. 팔다리가 길고 키가 큰 팔등신 몸매인데, 립스
틱으로 입술 모양을 그린 마스크를 늘 쓰고 다닌다.

너클리드   비례요정과 함께 나타나는 수상한 남성
아바타다. 몸이 작고 통통하며 늘 복면을
쓰고 두 눈만 내놓고 다닌다.

피타고X   비밀조직을 이끄는 두목을 지칭하는 암호명이
다. 실제로 누구인지 아무도 모르며 강력한 비
밀 무기를 이용해 거대한 음모를 꾸미고 있다.

제곱복근   흰색 반소매 상의에 검은색 반바지만 입고 다니는 아바타다.
겉모습을 전혀 꾸미지 않고 다니며, 정체도 능력도 미지수다.

01. 피타고라스와 무리수

: 제곱근의 개념 :

첫인상은 환상행성이라는 이름이 풍기는 느낌과는 사뭇 달랐다. 일단 '공항'이라는 이름부터 지나치게 평범했다. 이름뿐 아니라 생김새도 현실 속 실제 공항과 비슷했다. 현실 공항과 다른 점은 탑승수속을 밟기 위해 줄을 설 필요가 없다는 정도였다. 공항이 한가한 까닭은 환상행성을 찾는 아바타가 적기 때문이 아니라, 공항으로 오는 단축이동기가 다르면 접속창구도 다르기 때문이다. 이는 현실과 디지털 세상을 확실하게 구분하는 특징이었다.

단축이동기에서 나온 고난도와 황금비는 접속창구로 곧바로 갔다. 안내*AI*는 아이템팔찌로 고난도와 황금비의 신분을 확인하더니 상담*AI*를 만나라고 요구했다.

고난도　　상담을 왜 받아야 하지?

안내AI　　이번이 환상행성 첫 방문이고, 미성년자이기 때문에 환상행성을 이용하면서 주의해야 할 사항을 자세히 듣고, 정신 감정도 미리 받아야 합니다.

고난도　　환상행성이 어떤지는 이미 알고 있어.

안내AI　　그렇다고 해도 주의사항을 알려 줄 의무가 저희에게 있어서 생략할 수 없습니다. 또한 정신 감정은 환상행성에서 혹시 받을지 모를 충격을 방지하기 위해 반드시 거쳐야 하는 과정입니다. 환상행성은 상담 과정을 거쳐야만 진입할 수 있습니다. 상담을 거부하시겠습니까?

고난도　　하면 되잖아. 참 까다롭네.

안내*AI*는 고난도와 황금비를 작은 방으로 안내했다. 방에는 아주 친절하게 생긴 상담*AI*가 반갑게 맞이했다. 상담*AI*는 관련 규정을 자세히 설명한 뒤에 핵심 사항을 정확히 숙지했는지 거듭 확인했다. 이미 답변한 사항을 몇 분 뒤에 다시 묻기도 했다. 본인 동의가 필요한 부분은 꼼꼼하게 설명하고 명확한 답변을 요구했다. 녹음한 뒤에 다시 확인까지 했다. 가장 강조한 대목은 위험한 상황에 대처하는 방법이었다. 위험한 상황은 다양했지만, 대처법은 하나, 바로 탈출 아이템 사용이었다. 환상행성에 들어가는 절차가 이처럼 까다로운 데는 나름 타당한 이유가 있다.

거의 모든 메타버스는 지구와 같은 행성 형태다. 초기 메타버스는 행성이라는 개념이 없었지만, 많은 업체가 만든 다양한 메타버스를 하나로 연결하는 과정에서 행성이라는 개념이 만들어졌다. 그렇다고 지구와 메타버스가 같다고 생각하면 안 된다. 메타버스는 디지털 세계이기 때문이다. 그런데도 현실과 같은 물리법칙이 적용되고, 한 구역에 한계치를 설정해 둔다는 점은 실제 세계와 비슷하다.

환상행성은 말만 행성일 뿐 실제 행성 개념이 전혀 적용되지 않는다. 메타버스에서 현실 물리법칙이 적용되지 않는 유일한 곳으로 경계도 없고 특정한 형태도 없다. 만든 사람 마음대로 꿈과 환상을 실현할 수 있다. 개개인이 자기 멋대로 만들고 창조한 공간들이 독립해서 존재한다. 이를테면 개개인이 꾸는 '꿈'을 '공항'이라는 한 점을 통해 이어 놓았다고 보면 된다. 방문객은 다른 사람이 자기 멋대로 만들어 놓은 환상을 경험하게 된다. 따라서 환상행성을 방문한다는 것은 다른 사람이 꾸는 꿈속으로 들어간 것과 비슷하다. 그래서 잘못 방문했다가는 정신적으로 충격을 받거나 혼란을 겪을 가능성이 있다. 이로 인해 방문객이 위험에 노출될 가능성이 큰 '영역'은 방문하지 못하게 막기도 한다.

상담AI는 꼼꼼하게 정신 감정을 한 뒤에야 고난도와 황금비를 방에서 내보냈다. 밖에서 기다리던 안내AI는 친절한 웃음을 건네더니 팔뚝에 노란 안전띠를 채웠다.

고난도	이게 안전띠인가?
안내AI	벗어나고 싶으면 언제든지 이 안전띠를 풀면 됩니다.
고난도	이 안전띠를 다른 사람이 풀면 어떻게 돼?
안내AI	팔뚝에 감은 안전띠는 본인 외에는 아무도 풀 수 없습니다. 위험해 처했거나, 더는 그곳에 머물고 싶지 않을 때 안전띠를 풀면 곧바로 이곳으로 되돌아옵니다.
고난도	풀 수 없는 상황에 몰릴 수도 있잖아?
안내AI	환상행성 감시AI가 등록된 방문객이 보내는 신호를 계속 확인합니다.
황금비	신경연결망이 보내는 신호를 감시하는 거야? 그래도 돼? 그건 불법이잖아?
안내AI	모든 신경연결망 신호를 확인하는 것이 아니라 정신 이상 증세나 긴급한 위험 신호만 확인합니다. 만에 하나 벌어질지도 모를 위험을 방지하려는 조치이며, 방문객이 보관을 요구하지 않으면 접속 해제와 동시에 폐기합니다.
고난도	환상행성에서 소멸해도 실제 아바타에는 아무런 영향이 없는 거야?
안내AI	입장할 때 등록한 상태로 회복됩니다.
고난도	생체물약을 먹을 필요도 없겠네?
안내AI	당연합니다.
황금비	아이템팔찌는 정말 사용하지 못하는 거야?

안내AI	환상행성에서는 아이템팔찌를 열 수 없습니다. 겉치레용으로 아이템을 들고 다닐 수는 있지만, 말 그대로 겉치레일 뿐 효능은 전혀 발휘하지 못합니다. 실제와 똑같이 생겼을 뿐 아무런 기능이 없는 장난감을 들고 다닌다고 생각하면 됩니다.
황금비	들고 다니는 아이템을 잃어버리면 어떻게 돼?
안내AI	되찾을 수 없습니다. 아끼는 아이템은 아이템팔찌에 보관하십시오.
고난도	마지막으로 질문 하나만….

고난도가 가방을 열자 자롱이가 고개를 삐죽 내밀었다.

| 고난도 | 내 친구인데, 같이 들어가도 될까? |

안내AI는 자롱이를 관찰하더니 쉽게 답하지 못했다.

안내AI	아바타는 아니고, 아이템도 아니고, 관리AI 쪽 계통도 아니고…, 흠~ 미지수네요.
고난도	그래서 들어갈 수 있는 거야, 없는 거야?
안내AI	금지 대상이 아니므로 들어갈 수는 있습니다. 그렇지만 환상행성 안에서 어떤 영향을 받게 될지는 예측 불가이므로,

데려가지 않는 쪽을 추천합니다.

고난도　들어갈 수 있단 말이지? 그럼 됐어.

황금비　이제 어떻게 하면 되지?

안내AI　저기 설치된 기계로 가서 방문하고자 하는 목적지를 선택하시면 됩니다. 목적지 안내가 필요하면 도와 드리겠습니다.

황금비　우리는 방문지를 이미 정하고 왔어.

고난도와 황금비는 접속 기계로 이동했다. 고난도는 아이템팔찌를 열더니 여의봉을 꺼내서 아주 작게 만들었다.

황금비　여의봉은 왜 꺼내?

고난도　들어가면 아이템팔찌를 못 연다고 하니까.

황금비　아이템은 아무 쓸모가 없다고 했잖아.

고난도　그건 모르지.

황금비　그러다 잃어버리면 어쩌려고.

고난도　난 내 직감을 믿어. 쓸모가 있을 거야.

접속 기계 앞에 서자 목적지 입력창과 검색창이 동시에 떴다. 황금비는 검색창을 닫고 입력창을 활성화했다.

고난도	우리가 가려는 구역 이름이 8128이잖아. 그런데 그 수가 완전수래.
황금비	완전수라니?
고난도	완전수란, '자신을 제외한 약수'(진약수)들의 합이 자신이 되는 수를 말한대. 이를테면 6의 진약수는 6을 제외한 1, 2, 3이고, 1+2+3＝6이야. 28의 진약수는 1, 2, 4, 7, 14인데 다 더하면 28, 496의 진약수는 1, 2, 4, 8, 16, 31, 62, 124, 248이고 역시 다 더하면 496이 돼. 옛날 사람들은 이런 숫자에서 어떤 신비한 영감을 받았나 봐. 8128은 넷째 완전수야.
황금비	넌 그 숫자와 피타고X가 어떤 연관이 있다고 믿는 거야?
고난도	아무래도 그렇지 않겠어? 왜 하필 완전수로 구역 이름을 정했을까?
황금비	가 보면 알겠지.

황금비는 입력창에 8128을 쓰고 확인을 눌렀다. 화면에 '문'이 나타나더니 '입장하시겠습니까?' 하는 질문이 떴다. '예'를 선택하자 강렬한 보랏빛이 일렁이며 황금비와 고난도를 휘감았다.

* * *

뿌연 안개가 흩어지며 사방이 나무로 막힌 방이 나타났다. 방 귀퉁이에 설치된 계단은 방이 흔들릴 때마다 심하게 삐걱거렸다. 부서진 나뭇조각들이 여기저기 뒹굴고 뿌연 먼지를 뒤집어서 쓴 낡은 담요들은 없던 천식마저 생기게 할 기세였다. 바람에 휘청대는 나뭇가지 같던 흔들림은 시간이 갈수록 점점 잦아들더니 미세한 떨림만 남고 모두 사라졌다. 고난도는 몸이 안정되자 주머니에 넣어 둔 여의봉을 꺼냈다. 여의봉은 고난도가 원하는 대로 늘어나기도 하고 줄어들기도 했다.

고난도   환상행성에서도 여의봉은 작동해.

황금비   스카프에서도 실이 나와. 끊어지지 않는 성질은 여전해.

황금비는 스카프에서 뽑아낸 얇은 실을 가지런히 정리해서 주머니에 넣었다. 고난도는 여의봉을 조금 늘여서 바닥에 나뒹구는 나뭇조각 하나를 건드렸다. 길이가 늘어나게 만들려고 했지만, 전혀 반응이 없었다. 쇠못에도 시도했지만 역시 반응이 없었다.

고난도   다른 대상을 길게 늘어나게 하는 기능은 전투행성에서만 발휘되나 봐. 다른 메타버스에서도 안 먹히더니 여기서도 마찬가지네.

고난도는 여의봉 크기를 줄여서 주머니에 넣었다. 그러고는 자롱이를 불렀다. 자롱이는 가방을 열고 주변을 살피더니 조심스럽게 날아올랐다. 자롱이는 방 이곳저곳을 날아다니며 꼬리를 흔들었다. 꼬리 끝에 달린 원뿔에서 초록빛이 약하게 흔들렸다. 자롱이는 꼬리에 힘을 주며 레이저를 쏘려고 했지만 성공하지 못했다.

자롱이　　자롱, 자롱. 날개 이상 없음. 다른 기능은 모두 사용 불가.
고난도　　날아다니기만 하면 돼. 일단 밖이 어떨지 모르니 가방에 들어가 있어.

방을 빠져나가려고 계단으로 가는데 천장에서 시끄러운 소리가 들렸다. 꽤 많은 사람이 움직이는 듯했다. 피타고X 부하들일 수도 있기에 조심스럽게 계단을 올라갔다. 문은 꽤 단단한 나무였지만 곳곳에 구멍이 뚫려 있었다. 구멍은 밖을 관찰하기에 충분한 크기였다.

구멍을 통해 갑판이 보였다. 고난도와 황금비가 처음 들어온 곳은 선실이었다. 갑판 양옆에는 해적처럼 생긴 험상궂은 사내들이 길게 늘어서서 살벌한 분위기를 연출했다. 뱃머리 끝에는 밧줄에 꽁꽁 묶인 사람이 무릎이 꿇린 채 한 곳을 뚫어져라 응시하고 있었다. 그 시선이 닿는 곳에는 덥수룩한 수염에 오똑한 코, 깊고 날카로운 눈매를 한 노인이 있었다. 노인은 먼 하늘을 보며 가끔 긴 한숨을 내쉬었다.

고난도	저 수염이 덥수룩한 노인, 전에도 봤지?
황금비	하얀 여왕 옆에 있던….
고난도	그래 맞아.
황금비	이름이… 피타고라스였잖아.
고난도	피타고라스가 이곳에 왜 있지?

갑판 한복판에 놓인 의자에는 챙이 넓은 모자를 쓴 사내가 삐딱하게 앉아 있었다. 검붉은 모자와 시뻘건 외투가 심상치 않은 기운을 내뿜었다. 사내는 한쪽 손을 축 늘어뜨린 채 일정한 간격으로 의자 다리를 찍었다.

고난도	저거 갈고리잖아!
황금비	배, 갈고리, 해적이면….
고난도	혹시 피터팬에 나오는 그 후크선장일까?
황금비	아무래도 그래 보여. 피타고라스와 후크선장이 같은 배에 있다니…, 도대체 무슨 일이 벌어지려는 걸까?

고난도와 황금비는 일단 상황이 어떻게 돌아가는지 지켜보기로 했다. 한참 하늘을 보며 사색에 빠져 있던 피타고라스는 느릿하게 몸을 돌리더니 밧줄에 꽁꽁 묶인 남자에게로 갔다.

피타고라스	히파수스, 이런데도 네 의견을 고집할 텐가?

피타고라스 목소리에서 안타까움과 분노가 기묘하게 뒤엉켰다. 히파수스는 피타고라스를 물끄러미 올려다보더니 짧게 눈을 감았다 떴다.

피타고라스 모든 근원은 수라네. 자연은 수가 만들어 낸 조화라네. 이 아름다운 진리에 왜 도전하려 하는가?

히파수스 스승님, 자연은 수로 이루어진 세계입니다. 그러나 자연을 이루는 핵심은 유리수가 아니라 무리수입니다.[1]

피타고라스 말도 안 돼! 자연수의 비로 나타낼 수 없는 수가 어떻게 자연을 이루는 수라는 말인가? 그런 수는 존재하지 않아! 아니 존재할 수 없고, 존재해서도 안 돼.

히파수스 스승님이 발견하신 법칙[2]에 따른 결론입니다. 이는 스승님이 발견하신 위대한 업적입니다. 왜 그 업적을 부정하십니까?

피타고라스 자네는 자연에 면면히 흐르는 조화를 부정하는 이단자야.

히파수스 그렇지 않습니다. 한 변의 길이가 1인 정사각형만 봐도 제 주장이 맞는다는 증거가 나옵니다. 그 대각선의 길이는 스승님이 증명하신 정리에 따르면 제곱해서 2가 나오는 수여야 합

---

1 유리수와 무리수.
유리수는 두 정수의 비로 표현하는 수이며, 무리수(無理數, Irrational Number)는 '두 정수의 비' 형태로 표현하지 못하는 수이다. 즉, 유리수는 정수를 이용해 분수로 나타낼 수 있지만, 무리수는 분수로 나타낼 수 없다.

2 피타고라스 정리를 말한다. 직각삼각형에서 직각을 낀 두 변을 a와 b, 빗변을 c라고 할 때 $a^2+b^2=c^2$

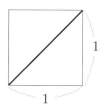

니다. 제곱해서 2가 나오는 수가 과연 스승님 말씀처럼 자연
수의 비로 나타낼 수 있습니까?

파타고라스 아직 그 값을 찾아내지 못했을 뿐, 연구하면 찾아낼 수 있어.

히파수스 절대 그렇지 않습니다. 제가 증명해 보이겠습니다. 제곱해서
2가 나오는 수를 유리수라고 하면 기약분수인 $\dfrac{b}{a}$ 형태로 나
타낼 수 있습니다. $\dfrac{b}{a}$ 는 기약분수이므로 정수인 a와 b는 서
로소이고, $\left(\dfrac{b}{a}\right)^2=2$입니다. 이걸 정리하면 $b^2=2a^2$이 되므로,
b^2은 짝수입니다. 홀수를 제곱하면 홀수[3], 짝수를 제곱하면
짝수이므로 b는 짝수입니다. b가 짝수이므로 $2n$(n=정수)
의 형태로 나타낼 수 있고, b^2은 $4n^2$으로 표현이 가능합니
다. 따라서 $\dfrac{b^2}{2}=\dfrac{4n^2}{2}=2n^2$이므로 $\dfrac{b^2}{2}$은 짝수입니다. 그런데
$b^2=2a^2$이므로, $\dfrac{b^2}{2}=2n^2=a^2$입니다. 즉 a^2도 짝수입니다.
짝수를 제곱하면 짝수, 홀수를 제곱하면 홀수이므로 a도
짝수입니다. 결국 b도 짝수, a도 짝수입니다. 그런데 처음에
뭐라고 했죠? $\dfrac{b}{a}$ 는 기약분수이므로 정수인 a와 b는 서로소

---

3 홀수 $2n+1$(n은 정수). $2n+1$을 제곱하면 $(2n+1)(2n+1)=4n^2+4n+1$. $4n^2$은 짝수, $4n$도 짝
수. 따라서 $4n^2+4n+1$은 홀수다. 따라서 홀수를 제곱하면 홀수가 나온다.

라고 했습니다. 이건 말이 안 됩니다. 모순이죠. 따라서 제곱해서 2가 되는 분수 $\dfrac{b}{a}$ 를 만들 수 있는 정수 a와 b는 존재하지 않습니다.

파타고라스 궤변이야!

히파수스 궤변이라뇨? 제 증명에 무슨 문제가 있습니까? 선생님은 늘 강조하셨습니다. 수학은 증명이라고! 무수한 직각삼각형을 일일이 확인해서 치수를 측정하지 않아도 선생님은 증명이라는 위대한 방법을 통해 '직각을 낀 두 변을 각각 제곱하여 더하면 빗변을 제곱한 값과 같다'라는 진리를 발견했습니다. 저는 선생님이 가르쳐 주신 방법에 따라 세상에 유리수가 아닌 수, 즉 무리수가 있다는 진리를 발견했습니다. 한 변이 1인 정사각형의 대각선 길이는 유리수가 아닙니다. 저는 이를 $\sqrt{2}$ (제곱근2, 루트2)로 불러야 한다고 생각합니다.

둘이 나누는 대화를 가만히 지켜보던 후크선장이 갈고리 손을 쭉 뻗으며 짜증을 냈다. 갈고리 모양이 제곱근($\sqrt{}$)과 엇비슷해 보였다.

후크선장 어차피 바다에 집어 던지려고 붙잡아 왔는데 뭘 더 설득하려고 그러실까?

파타고라스 후크선장, 이건 중요한 문제야. 죽일 때 죽이더라도 조화를 거부하는 이단자로 죽게 만들면 안 돼.

후크선장은 허공을 향해 루트($\sqrt{}$)처럼 생긴 갈고리를 바짝 세우더니 느리게 밑으로 내렸다. 갈고리 끝에서 핏빛이 일렁이는 듯했다. 피타고라스는 히파수스에게 바짝 다가가 쪼그려 앉았다.

피타고라스 너도 잘 알겠지만, 나는 소리에 숨은 조화를 찾아냈다.

히파수스 잘 알고 있습니다. 순정률이죠.

피타고라스 순수한 유리수의 비율로 표현되는 순정률은 아름답기 그지 없다. 이는 자연이 얼마나 조화를 바탕으로 구성되는지 보여 준다.

히파수스 스승님은 잘 모르시겠지만, 시대가 달라졌습니다. 지금은 순정률이 아니라 평균율을 씁니다. 순정률은 이웃한 음끼리 비율이 균등하지 않아 조옮김이 자유롭지 못합니다. 지금은 옥타브 사이의 12음을 똑같이 나누는 평균율을 사용하여 음을 다양하게 바꾸고 결합하는 게 가능합니다. 진동수가 1인 음과 2인 음, 즉 한 옥타브를 12음으로 똑같이 나누려면 같은 간격을 열두 번 곱해서 2가 되어야 합니다. 즉 $\sqrt[12]{2}$가 되어야 합니다. $\sqrt[12]{2}$는 유리수가 아닙니다. 무리수입니다. 선생님이 그렇게 강조하시는 조화로운 음악은 유리수의 비가 아니라 무리수를 통해 더 멋지게 빚어집니다.

피타고라스 닥쳐라, 이놈! 소수점 아래로 무한히 숫자가 이어지는 말도 안 되는 ㄱ……, ㄱ 무리수인지 뭔지 하는 것을 어떻게 길이로 표현한단 말이냐?

히파수스   한 변이 1인 정사각형에서 대각선을 그리십시오. 그러면 $\sqrt{2}$
입니다. 한쪽 끝을 좌표평면 원점O로 고정하고, 다른 쪽 끝
을 한 바퀴 돌리면 좌표 수직선에 길이를 표시할 수 있습니
다. 그 원은 지름이 $2\sqrt{2}$인 원이 되고, 면적은 2π가 됩니다.

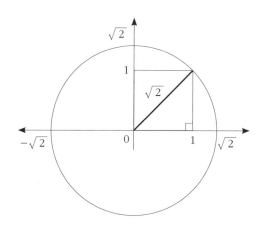

피타고라스   엉터리 논리야, 궤변이라고!

히파수스   원의 면적을 구하는 데 꼭 필요한 π만 해도 무리수입니다.
소수점 아래로 끝없이 이어집니다. π가 없다면 원의 면적을
구할 수 없습니다. 원이야말로 자연에서 가장 조화로운 형
태입니다. 그 원을 이루는 기본이 무리수인 π이기에, 자연의
조화는 무리수가 없이는 불가능합니다. 이 자연은 유리수가

아니라 무리수가 훨씬 많으며[4], 자연의 조화는 바로 무리수를 통해 이루어집니다.

피타고라스 네놈은 구제 불능이구나.

히파수스 스승님이야말로 왜 이러십니까? 왜 진리를 부정하십니까? 무리수는 억지로 만들어 낸 궤변이 아닙니다. 제곱해서 2가 되는 수, $\sqrt{2}$는 제가 억지로 만들어 내지 않았습니다. 조화로운 자연 속에 이미 존재하는 수입니다. 저는 증명을 통해 이를 확인했을 뿐입니다.

피타고라스 그만, 그만, 그만!

피타고라스는 고함을 치며 벌떡 일어났다. 얼굴이 붉게 달아올랐다. 후크선장이 제곱근 기호처럼 생긴 갈고리로 모자를 툭 치며 일어났다.

후크선장 내가 뭐랬어요? 말로 해 봤자 안 된다고 했잖아요.

피타고라스 아끼던 제자에게 베푼 마지막 자비심이었다.

후크선장 이제 저 녀석을 물에 던져 버려도 되죠? 그 악어 녀석이 배를 졸졸 따라다녀서 여간 거슬리는 게 아니거든요.

피타고라스 마음대로 해라.

---

4 무리수가 유리수보다 더 많다는 사실은 칸토어가 증명했다. 이 증명에 따르면 유리수는 자연수 집합과 일대일로 연결이 되는 가산집합이며, 무리수는 자연수 집합과 일대일로 연결되지 않는 비가산집합이다. 따라서 비가산집합인 무리수가 가산집합인 유리수보다 많다. 증명 과정이 중학수학 수준을 뛰어넘기에 자세한 증명 과정은 생략한다.

후크선장은 갈고리를 히파수스 목에 바짝 댔다.

후크선장   이 봐. 이 갈고리가 혹시 그 제곱근인지 뭔지 하는 기호와
    닮았나?

히파수스는 이를 악물고 노려볼 뿐 아무런 대꾸도 하지 않았다.

후크선장   갈고리와 닮은 수가 존재한다고 주장하다가 갈고리에 죽는
    신세라니, 제법 괜찮은 삶과 죽음이네.

갑자기 배가 출렁거리며 흔들렸다. 후크선장은 갈고리로 나무를 찍어
서 균형을 잡았다.

고난도   째깍거리는 소리가 들려.
황금비   피터팬에 나오는 그 악어인가? 후크선장 팔을 먹었다는….
고난도   악어가 배를 들이받은 모양이야.
황금비   저대로 두면 히파수스는 악어 밥이 될 거야.
고난도   어떻게 구하지? 해적들 숫자가 너무 많아. 우리는 아이템을
    쓸 수도 없고.

황금비는 잠시 고민하더니 손가락을 가볍게 튕겼다.

황금비	이 배에 구명정이 있겠지?
고난도	난파를 당할 경우를 대비해서 한두 척은 있을 거야.
황금비	그럼 이 배를 침몰시키자.
고난도	무슨 수로…, 아! 여의봉으로….

황금비가 설명해 주지 않아도 고난도는 황금비가 세운 계획이 무엇인지 알아차렸다. 그동안 온갖 모험을 함께 하면서 말하지 않아도 생각이 통하는 사이가 되었기 때문이다.

고난도	내가 구명정을 준비한 뒤에 여의봉으로 구멍을 낼게.
황금비	내가 물에 빠진 히파수스를 구할 테니 얼른 그쪽으로 배를 몰고 와.

고난도와 황금비는 조심스럽게 문을 열고 나와서 배 뒤쪽으로 갔다. 예상대로 작은 구명정 두 척이 있었다. 고난도가 조심스럽게 배를 바다로 내리는 사이에 황금비는 배 옆면에 늘어진 밧줄을 잡고 조용히 뱃머리 쪽으로 갔다. 황금비가 뱃머리에 거의 도달했을 즈음에 해적 두 명이 히파수스를 잡았고 후크선장이 갈고리로 히파수스의 목을 겨냥했다. 고난도는 살짝 벌어진 배 틈새에 여의봉을 넣고는 강한 회전을 걸어서 길이를 빠르게 늘였다. 회전력이 붙은 여의봉은 꼬챙이처럼 날카롭게, 나무로 만든 배를 바닥까지 뚫어 버렸다. 여의봉을 다시 줄인 다음 거듭해서 같

은 방법으로 배를 타격했다. 배는 강하게 흔들렸고, 물이 갑판 위로 치솟았다.

고난도는 재빨리 구명정에 올라탔다. 해적들은 충격에 놀라며 혼란스러워했다. 그 와중에도 후크선장은 갈고리로 히파수스를 배 아래로 밀어버렸다. 히파수스는 허우적거리다 바다로 떨어졌다. 황금비는 곧바로 히파수스를 향해 뛰어내렸다. 바다에 떨어진 히파수스를 붙잡은 황금비는 다시 물 위로 나왔다. 눈에 보이지 않게 투명한 실이 황금비 허리춤에 묶여 있었다. 황금비는 그 실을 잡아당겨 배 옆면에 바짝 붙었다. 악어가 흉악한 입을 벌리며 수면 위로 그 모습을 드러냈다. 구멍이 난 배는 크게 흔들렸고, 해적들은 구멍을 막기 위해 분주하게 움직였다. 악어는 배가 이상하게 흔들리는 걸 눈치채고는 배 뒤쪽으로 돌아갔다. 고난도는 구명정을 재빨리 몰아 배 앞쪽으로 왔고, 황금비는 히파수스를 안고 구명정으로 뛰어내렸다. 히파수스를 태운 구명정은 빠른 속도로 육지를 향해 내달렸다. 해적들은 거대한 악어와 싸우고, 구멍 뚫린 배를 수리하느라 구명정이 빠져나가는 줄도 몰랐다.

배에서 히파수스를 묶은 밧줄을 풀어 주고, 빠르게 안전한 곳으로 피했다. 눈치를 채고 해적들이 쫓아올 수도 있기 때문이다. 해적들이 추격하지 않는다는 것이 확실해지자 히파수스는 거듭 고맙다고 말하고는 자신을 구한 이들이 누구인지 확인했다. 사연을 다 듣더니 히파수스는 예상치 못한 소식을 전했다.

히파수스   아무래도 너희들이 찾는 친구 중의 한 명을 내가 만난 것 같구나.

황금비   어디서 만나셨어요?

히파수스   내가 체스 광장에서 일할 때였어. 체스 광장에 그어진 금을 보며 한참 무리수를 연구하는데, 한 여자아이가 나타났어. 나는 관리자라 개입하지는 않고 대결을 지켜보기만 했는데….

02. 체스에 올라탄 제곱근

: 제곱근의 계산 :

　꽃밭을 지나자 히파수스가 보였다. 미지수지는 히파수스에게 말을 걸려고 다가갔으나 이상하게도 점점 멀어지기만 했다. 앞으로 가면 멀어지고, 뒤로 물러나면 가까워졌다. 반대로 움직여야 가까워지는 이상한 공간이었다. 뒤로 걸은 지 얼마 되지 않아 미지수지는 히파수스에게 말을 걸 수 있었다.

미지수지　제 친구들을 못 보셨나요?

히파수스　네 친구들이 누군지 내가 어떻게 안단 말이냐.

미지수지는 친구들 생김새를 자세히 설명했다.

히파수스	그런 아이들은 본 적이 없다. 그런데 너는 여기에 무슨 일로 왔지? 이곳은 아주 오랫동안 방문자가 없었는데.
미지수지	거울 속으로 빨려들었는데 갑자기 꽃밭이 나타났어요.
히파수스	꽃밭에 친구들이 없었다면 네 친구들은 더 앞칸으로 갔겠구나.
미지수지	앞칸이 어디죠?
히파수스	저 언덕 위로 올라가면 앞칸으로 가는 길이 열린다.
미지수지	안내를 해 주시겠어요?
히파수스	안내는 해 주겠지만 앞칸으로 가기가 쉽지는 않을 텐데.
미지수지	저 언덕이면… 가깝잖아요.
히파수스	어린 애들은 늘 경험해 봐야 어른들 말을 알아듣는 법이지. 좋다. 따라와라.

히파수스는 처음에는 천천히 걷다가 점점 빨리 뛰었다. 미지수지는 영문도 모르고 같이 뛰었다. 그런데 아무리 빨리 뛰어도 주변의 나무들이 전혀 움직이지 않았다. 이상한 기분이 들어서 속도를 늦추었더니 나무들이 점점 앞으로 가 버리고, 언덕은 더 멀어졌다.

미지수지	이게 어떻게 된 일이죠? 왜 빨리 뛰는데 나무들이 더 앞으로 가는 거죠?
히파수스	아무 말도 하지 말고, 더 빨리 뛰어.

히파수스는 더욱 재촉했고 미지수지는 있는 힘껏 뛰었다. 아주 조금씩 나무들이 뒤로 물러났다. 숨이 턱까지 차올랐지만, 꾹 참고 뛰었다. 마치 발이 땅에 닿지 않고 공중을 나는 듯한 느낌이 들 정도였다. 모든 기운을 뽑아서 달린 탓에 급격히 힘이 빠졌다. 아무리 재촉해도 더는 뛰기 힘들었다. 그만 포기하고 털썩 주저앉았다.

히파수스	제법 잘 뛰는구나.
미지수지	헉, 헉, 다 온 건가요?
히파수스	여기가 언덕이다. 저 아래로 내려가면 길이 열린다.
미지수지	조금만 쉬었다 가죠. 그나저나 어떻게 된 거죠? 저 밑에서 여기까지는 얼마 되지도 않는 거리인데….
히파수스	머물려면 달려야 하고, 나아가려면 더 빨리 달려야 한다. 멈추면 그 자리가 아니라 뒤처진다. 이곳을 지배하는 법칙이다.
미지수지	마치 학교 선생님처럼 말씀하시네요. 저는 그런 법칙이 싫어요. 어른들은 우리가 자신에게 맞는 속도로 살게 내버려두지 않죠.

히파수스	네가 세상을 안다면 그런 허무맹랑하고 낭만에 젖은 말은 하지 않게 될 거다.
미지수지	세상이 그렇다면 저는 그런 세상은 알고 싶지 않아요.

미지수지는 거울을 들었다. 거울에 아무것도 비치지 않았다. 아이템팔찌에 넣으려고 해도 거울이 들어가지 않았다. 하는 수 없이 가방에 넣었다.

미지수지	이제, 어디로 가면 되죠?
히파수스	이제부터는 운명이 이끄는 길이라, 그냥 가만히 있어도 흘러간다. 운명이란 의지로 어쩔 수 없는 법이란다.
미지수지	아저씨는 제가 싫어하는 말만 골라서 하시네요.
히파수스	진리란 좋고 싫음과는 상관이 없다. 네가 싫어해도 진실은 진실이고, 네가 좋아해도 거짓은 거짓이다.
미지수지	길이나 알려 주세요.
히파수스	나를 따라 걸어라.

히파수스는 제자리에서 걸었다. 미지수지는 이상하게 여기면서도 히파수스와 똑같이 제자리걸음을 했다. 앞을 향해 걷지도 않는데 주변 사물이 점점 뒤로 밀려났다. 흐르는 강물이 배를 하류로 끌고 가듯이 몸이 저절로 앞으로 나아갔다. 큰 나무 앞에서 히파수스가 멈췄다.

히파수스	이 나무를 돌아가면 앞칸이다.
미지수지	안내는 여기까지만 해 주시는 건가요?
히파수스	이제부터는 네가 가야 할 길이다.
미지수지	그런데 아저씨는 뭐 하는 분이세요?
히파수스	나는 자연의 본질을 궁금해하는 사람이다.

미지수지는 뭐를 물어보려다 말을 집어삼켰다. 그러고는 거대한 몸집으로 시야를 가로막는 나무를 빙 돌아서 나아갔다.

미지수지	꼭 커다란 체스판 같네요.
히파수스	체스판 같은 게 아니라 체스판이다. 네 친구들은 저 체스판 위에 있거나, 체스판 너머에 있을 것이다.
미지수지	체스판 위에는 아무것도 안 보이는데요?
히파수스	밖에서는 보이지 않는다. 체스판 위에 올라가면 보인다.
미지수지	어떻게 해야 저기를 통과하죠? 설마 체스를 둬서 이겨야 하는 건가요?
히파수스	저곳은 첫 단계일 뿐이다. 통과하지 못하면 쳇바퀴에 영원히 갇힌다. 삶은 전체가 체스다. 거대한 게임장이지.
미지수지	그러니까 꼭 이길 필요는 없고 벗어나기만 하면 된다는 말이네요.
히파수스	삶은 버티고 견뎌야 하는 법이다.

미지수지　역시 아저씨는 제 마음에 안 들어요. 삶은 즐겨야 해요.

히파수스　퀸이 되지 못하면 즐기지 못한다. 그전까지는 버티고 살아내야 한다.

미지수지　됐어요. 제 삶은 제가 알아서 해요. 게임에서 진다고 소멸하지는 않죠?

히파수스　이곳에 소멸이란 없다. 구속과 영원한 고통만 존재한다. 그리고 너는 방문객이니 안전띠가 있을 텐데…. 너한테 안전띠가 없다니, 그럼 그들과 한패인 거냐?

미지수지　제가 그래 보이시나요?

히파수스　그래서 묻는 거다. 그들과 한패 같지 않은데 안전띠가 없다니….

미지수지　아저씨는 그들이 누군지 아세요?

히파수스　어느 순간부터 갑자기 나타난 자들이다. 창조자가 허락하지 않은 존재들, 공항을 통하지 않은 존재들, 그들이 이곳을 장악했다. 우리는 그들을 어찌할 수가 없다. 너는 그들이 누구인지 아느냐?

미지수지　저도 그걸 알아내려고 왔어요. 아저씨는 그들이 싫은가 보네요.

히파수스　이 멋진 곳이 그들 때문에 엉망이 되어 버렸으니까.

미지수지　그러면 저 좀 많이 도와주세요. 지금 도움을 줄 만한 말은 없나요?

히파수스   나는 이 칸에 얽매인 존재이기에 어디에나 있다. 필요하면
            불러라. 오랜만에 찾아온 진짜 방문객이니 내게 허락된 권한
            내에서 최대한 도와주마.

미지수지는 나무 그늘에서 벗어나 체스판으로 발을 올려놓았다. 선명
하던 판이 뿌옇게 흐려지더니 몸이 천천히 위로 들렸다. 다리에 촉감이
느껴지더니 둥근 원통이 다리 안쪽으로 파고들었다.

미지수지   이건 말(馬. horse)이잖아? 체스라고 하더니 말을 타고 달리면
            되는 건가요?
히파수스   그건 체스 말 가운데 하나인 나이트다. 너는 이제부터 나이
            트다.

미지수지   나이트가 뭐죠?
히파수스   나이트는 처음 한 칸은 직선으로, 다음 한 칸은 대각선으로
            움직이는 능력을 지녔다. 수학으로 표현하면 나이트는 1+
            $\sqrt{2}$ 다.

미지수지	직선으로 한 칸 이동은 1, 대각선 이동은 $\sqrt{2}$ 여서 $1+\sqrt{2}$ 라고 하는군요.
히파수스	제법 똑똑하구나.
미지수지	이제 어떻게 하면 되죠?
히파수스	말안장에 카드가 있다. 그 카드에 적힌 과제를 수행하면 된다.

미지수지는 말안장을 뒤졌다. 말안장 무릎 받침대 옆에 달린 주머니에서 카드를 여러 장 발견했다. 첫째 카드에는 수행해야 할 과제가 적혀 있었다.

미지수지	퀸을 밀어내고 그 자리를 차지하라고 하네요.
히파수스	굳이 퀸을 죽일 필요는 없다. 퀸이 있는 자리에 도착하기만 하면 되는 과제다.
미지수지	퀸은 어디… 아, 저기 있군요. 지키고 있는 병사들이 꽤 많은데요?
히파수스	체스에서 나이트는 유일하게 상대방 말을 건너뛰는 능력이 있다. 퀸 근처에 접근해도 퀸에게 공격을 당하지 않는 위치에서 퀸을 공격할 수 있는 말이 나이트다. 퀸은 대각선, 직선 방향 어디로도 이동할 수 있는데 나이트는 직선과 대각선을 섞어서 이동하기 때문이다.

미지수지	무슨 말인지 이해했어요. 어쨌든 죽지 말고 퀸이 있는 데까지 가기만 하면 이곳을 벗어난다는 말이네요. 그런데 친구들은 이곳에 없는 모양이에요.
히파수스	아무래도 다음 칸으로 이미 넘어간 모양이다.
미지수지	빨리 따라가야겠네요. 그런데 여기… 다른 카드는 뭐죠? 아무런 글이 없는데….
히파수스	네가 이동하면 그 칸에서 해결해야 할 과제를 알려 준다.
미지수지	어떤 과제인지 아저씨는 모르나요?
히파수스	알지만 알려 줄 권한이 내게는 없다.
미지수지	참, 편리한 답변이네요. 무책임한 어른들이 꼭 그렇게 말하죠.
히파수스	권한 안에서는 돕겠다.
미지수지	됐어요. 제 과제니까 제가 알아서 할게요.
히파수스	가고자 하는 곳을 선택해서 명령을 내리면 말은 그대로 움직인다.

미지수지는 카드를 말안장에 달린 주머니에 넣고는 고삐를 단단히 잡았다. 일단 정면으로 한 칸 전진한 뒤에 왼쪽 대각선으로 이동했다. 한 걸음 내디딜 때마다 구름이 진해지더니 중심부에 도착하자 안개가 걷히며 회색과 흰색 영역이 나타났다. 두 영역은 폭이 $2m$인데 끝은 안개에 가려져 보이지 않았다. 두 영역의 간격은 $20m$쯤 되었다.

미지수지는 회색 쪽이었는데 맞은편에는 흰말에 흰옷을 입고 하얀 투구로 얼굴까지 가린 기사가 나타났다. 하얀 기사는 끝이 망치처럼 생긴 나무 채를 들고서 이리저리 흔들었고, 흰색 바닥 경계면에는 하얀 나무 공이 놓여 있었다. 미지수지 손에도 하얀 기사와 똑같은 나무 채가 생겨났다. 미지수지는 나무 채를 들고 경계면에 놓인 나무 공을 슬쩍 건드렸다. 나무끼리 부딪치는 소리가 나며 나무 공이 굴러갔다.

미지수지   이걸 어떻게 해야 하는 거죠?

히파수스   나무 공을 쳐서 면적을 확보해야 한다. 면적은 곧 에너지고, 면적에 비례하여 생성된 에너지로 충돌을 일으켜 대결한다. 공을 쳐서 최대한 넓은 면적을 확보한 쪽이 이기는 경기다.

미지수지   힘이 센 쪽이 이기겠네요.

히파수스   자세한 규칙을 알면 그렇지 않다는 사실을 알게 된다. 카드를 꺼내 봐라. 거기에 자세한 규칙이 나온다.

미지수지는 말안장에서 카드를 꺼냈다. 카드 상단에 첫째 대결이란 표식이 뜨고, 그림과 함께 대결 규칙이 나타났다.

①번. 본인 구역의 경계선과 직각으로 친다.

②번. 비스듬히 쳐서 나무 공이 본인 구역 안에 들어오게 한다.

  ─ 이렇게 하면 직각삼각형이 된다.

  ─ 나무 공이 본인 영역으로 돌아오지 못하면 에너지는 0이다.

③번. 경계면에서 다시 공을 치는데 이번에는 예각으로 친다.

④번. 본인 구역 경계선과 직각이 되게 공을 쳐서 본인 구역 안에 나무

  공이 들어오게 한다.

  ─ 이렇게 하면 직각삼각형이 된다.

  ─ 나무 공이 본인 영역에 돌아오지 못하면 에너지는 0이다.

  [점수] 이렇게 만들어진 두 삼각형의 빗변으로 이루어진

    직각사각형 넓이

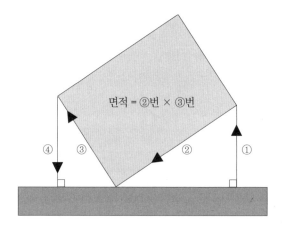

면적 = ②번 × ③번

경계면에는 공이 이동하는 거리를 바로 알 수 있는 눈금이 나타났다. 초록 바닥에도 경계면과 수평으로 평행한 선이 일정하게 그어져 있었다. 이처럼 경계면의 눈금과 초록 면에 나타난 평행선으로 인해 공이 이동하는 거리는 쉽게 파악할 수 있었다.

흰색 기사가 나무 채를 하늘 높이 치켜들더니 나무 공을 때렸다. 미지수지 눈에 공은 보였지만 얼마나 멀리 쳤는지는 가늠이 안 됐다. 미지수지에게 치라는 신호가 들어왔다. 미지수지는 되돌아올 거리를 생각해 가볍게 쳤다. 초록 면을 굴러간 공은 $2m$에서 멈췄다.

미지수지   너무 약하게 쳤나.

미지수지는 힘 조절을 어떻게 할지 몰라 고민하는데, 하얀 기사가 공을 자기 영역에 정확히 집어넣었는지 나무 채를 휘두르며 좋아했다. 미지수지는 숨을 고르고 나무 채를 휘둘러서 공을 때렸다. 공은 데구루루 굴러서 회색 영역으로 들어갔다. 조금 세게 쳤는지 아슬아슬하게 바깥 경계면 근처에서 멈췄다. 공이 안쪽 경계면을 통과한 지점에 빛이 번쩍였다. 맨 처음 출발한 지점에서 $3m$ 떨어진 곳이었다.

이번에는 예각으로 비스듬히 쳤다. 조금 전보다 과감하게 힘을 주었다. 초록색 바닥에 그려진 수치를 확인하니 $5m$였다. 회색 영역으로 집어넣으려면 $5m$는 넘고 $7m$는 넘어가지 않게 쳐야 했다. 연습도 해 본 적 없는 도구로 정확하게 치기는 쉽지 않았다. 조금 전 기억을 되살려 조심

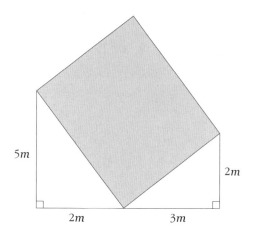

$5m$ $2m$

$2m$ $3m$

스럽게 쳤다. 치고 나서 아차 싶었다. 힘이 조금 모자란 느낌이 들었기 때문이다. 다행히 공은 경계선을 아슬아슬하게 통과해서 멈췄다. 경계면 치수는 $2m$였다. 치수를 다 확인한 미지수지는 자신이 확보한 면적이 얼마인지 알고 싶었다.

미지수지   제가 확보한 면적이 얼마죠?

히파수스   그건 네가 계산해야 한다.

미지수지   골치 아프게 하네요. 피타고라스 정리에 따르면 오른쪽 직각
　　　　　삼각형의 빗변은 $\sqrt{2^2+3^2}$ 이니까 $\sqrt{13}$, 왼쪽 직각삼각형의
　　　　　빗변은 $\sqrt{2^2+5^2}$ 이니까 $\sqrt{29}$, 사각형 면적을 구하려면 두
　　　　　변의 길이를 곱해야 하니 $\sqrt{13} \times \sqrt{29}$는…, 음 이건 계산을
　　　　　어떻게 해야 하는 거죠? 그냥 곱해서 제곱근을 씌우면 되나요?

히파수스   간단한 증명을 보여 주겠다. $\sqrt{a}$ 와 $\sqrt{b}$ 를 곱한다고 해 보자. 그걸 기호로 나타내면 $\sqrt{a} \times \sqrt{b}$ 이다. 이걸 제곱을 하면 $(\sqrt{a} \times \sqrt{b})^2 = (\sqrt{a} \times \sqrt{b}) \times (\sqrt{a} \times \sqrt{b}) = (\sqrt{a})^2 \times (\sqrt{b})^2 = (a) \times (b)$ 이다. 따라서 $\sqrt{a} \times \sqrt{b}$ 를 제곱하면 ab 이다. 그런데 ab 의 제곱근은 $\sqrt{ab}$ 이므로 $\sqrt{a} \times \sqrt{b} = \sqrt{ab}$ 이다.[5]

미지수지   명쾌한 증명이네요. 그러니까 제곱근끼리 곱하면 그냥 안쪽 숫자끼리 곱하고 제곱근 기호를 씌우면 되는 거네요.

히파수스   그렇게 암기를 하면 편하긴 하지만 왜 그런지 기억해라. 수학은 증명을 통해 진리를 추구하는 학문이지, 암기해서 문제 풀이를 하는 기술이 아니다.

미지수지   알았어요. 아무튼 제가 만들어 낸 면적은 $\sqrt{13} \times \sqrt{29}$ 니까… $\sqrt{377}$ 이네요.

히파수스   카드에 숫자를 써서 초록색 운동장으로 던져라.

미지수지는 자신이 확보한 면적을 카드에 기록해서 던졌다. 카드가 닿자 바닥이 요동을 치더니 보라색 사각형이 허공으로 떠올랐다. 그 빛깔과 형상은 미지수지에게 매우 익숙했다. 도리짓고에게 당했을 때 보았던 빛깔이었다. 그때 들었던 불쾌한 감정이 되살아났다. 보라색 사각형은 하얀 기사를 향해 날아갔다. 하얀 기사가 만들어 낸 노란색 사각형도 강하게 날아와서 허공에서 부딪쳤다. 충돌은 거센 소용돌이로 이어졌다. 보

---

5 이 증명에서 a 와 b 는 모두 0보다 크다.

라색과 노란색이 뒤엉키며 색이 소멸하였다. 사각형 면적은 점점 줄어들더니 마지막에 아주 작은 보라색 사각형 조각만 남아서 빙글빙글 돌았다.

미지수지   이겼다!

히파수스   제법이구나. 첫 대결에서 이기기는 쉽지 않은데….

보라색 조각은 하얀 기사를 향해 날아갔고, 하얀색이 퍼지며 원래 체스판이 나타났다. 미지수지는 한 칸 직진을 한 뒤에 이번에도 왼쪽 대각선을 선택했다. 네모 칸에 들어서자 안개가 짙어졌다. 칸 안으로 깊이 들어가니 이번에도 회색과 흰색 영역이 나타났다. 조금 전과 같은 형태였다.

히파수스   대결 방식은 같다.

미지수지   알고 있어요. 이미 한 번 해 본 게임은 절대 안 져요.

미지수지는 앞선 대결보다 과감해졌다. 초록 면을 굴러간 공은 $5m$에서 멈췄다. 하얀 기사가 치는 걸 기다렸다가 자기 영역으로 비스듬하게 쳤는데 안정되게 들어갔다. 공이 안쪽 경계면을 통과한 지점에 빛이 번쩍였는데 처음 출발한 지점에서 $7m$나 떨어진 곳이었다. 꽤 넓은 면적이었기에 자신감이 붙었다. 다음에는 조금 안정된 경기에 임하려고 했다. 그런데 하얀 기사가 팔짝팔짝 뛰면서 좋아하는 모습이 보였다. 꽤 넓은 면적을 확보한 모양이었다. 미지수지는 소심함을 버리고 과감하게 나무 공

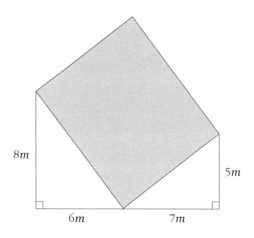

을 때렸다. 초록색 바닥에 그려진 수치를 확인하니 무려 $8m$였다. 너무 길게 치지 않았나 싶어서 걱정이었지만 어쩔 수 없었다. 힘 조절을 잘해야 했다. 세게 쳐도 안 되고 약하게 쳐도 안 되었다. 과감하면서도 적절한 힘을 주어 나무 공을 때렸다. 나무 공은 경계선을 지나서 반대편까지 세게 굴러가더니 아슬아슬하게 선 바로 앞에서 멈췄다. 미지수지는 자신도 모르게 한숨을 내쉬었다. 경계면 치수를 확인하니 $6m$였다.

히파수스   조금 무모한 시도였어. 다음번에는 그렇게 하지 마라.

미지수지   어쨌든 성공했잖아요. 이제 계산을 해야 하죠? 역시 피타고라스 정리에 따르면 왼쪽 직각삼각형의 빗변은 $\sqrt{6^2+8^2}$이니까 $\sqrt{100}$, 오른쪽 직각삼각형의 빗변은 $\sqrt{5^2+7^2}$이니까 $\sqrt{74}$, 사각형 면적을 구하려면 두 변의 길이를 곱해야 하니

$\sqrt{100} \times \sqrt{74}$ 는…, $\sqrt{7400}$ 이라고 하면…, 이건 그대로 두면 안 될 것 같은데….

히파수스　100은 10^2이니 그걸 이용해야지.

미지수지　$\sqrt{10^2 \times 74}$ 는 $\sqrt{10^2} \times \sqrt{74}$ 이니까…, $10\sqrt{74}$ 네요.

히파수스　아주 잘했다. $\sqrt{a^2 b}$ 와 같은 형태가 있으면 $\sqrt{a^2} \times \sqrt{b}$ 형태로 분리가 되므로, $a\sqrt{b}$ 가 된다.

미지수지　제곱수가 제곱근 안에 있으면 밖으로 빼낼 수 있군요. 재밌네요. 이제 카드에 $10\sqrt{74}$ 를 쓰고 던지면….

미지수지는 자신이 확보한 면적을 카드에 기록해서 던졌다. 카드가 닿자 바닥이 요동을 치더니 보라색 사각형이 허공으로 떠올랐다. 보라색 사각형은 하얀 기사가 던진 노란색 사각형과 충돌했다. 소용돌이 속에서 보라색과 노란색이 뒤엉키며 색이 소멸하였다. 사각형 면적은 점점 줄어들더니 마지막에 꽤 큰 보라색 사각형 조각이 남아서 빙글빙글 돌았다.

미지수지　압도했네요.

히파수스　축하한다. 그렇지만 조금 전과 같은 무모한 시도는 위험이 너무 크다.

미지수지　위험이 없으면 달콤함도 없죠. 어른들은 너무 안전만 강조해요.

보라색 조각은 하얀 기사를 소멸시켰고, 체스판이 나타났다. 미지수지는 잠시 고민하더니 옆으로 한 칸 직진하고, 오른쪽 대각선으로 나아갔다. 이번에도 회색과 흰색이 마주 보고 나타났는데 형태가 조금 달랐다. 모양이 직사각형인데 한 변은 $3m$, 다른 한 변은 $6m$였다. 공은 짧은 변에 하나, 긴 변에 하나씩 놓여 있었다.

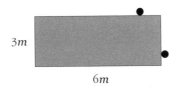

미지수지　　이건 조금 다르네요.

히파수스　　점수를 계산하는 방식은 다르지만, 원리는 같다. 카드를 꺼내서 규칙을 확인해라.

미지수지는 말안장에서 카드를 꺼냈다. 카드 상단에 셋째 대결이란 표식이 뜨고, 그림과 함께 대결 규칙이 나타났다.

①번. 첫째 공을 경계선과 직각으로 친다.
②번. 비스듬히 쳐서 나무 공이 본인 구역 안에 들어오게 한다.
　　– 돌아온 나무 공이 직사각형을 벗어나면 패배한다.
③번. 둘째 공을 경계선과 직각으로 친다.

④번. 비스듬히 쳐서 나무 공이 본인 구역 안에 들어오게 한다.

최종 점수 = $6a \times 3b$

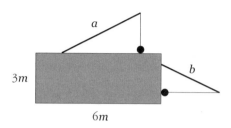

게임 방식을 이해한 미지수지는 하얀 기사가 시도하기 전에 먼저 변이 $6m$인 쪽 공을 쳤다. 공은 $5m$를 반듯하게 나갔다. 빗변으로 최대한 조심스럽게 쳐서 성공했다. 경계선 쪽 길이는 $3m$였다.

미지수지 피타고라스 정리로 계산하면 $\sqrt{5^2 \times 3^2}$이니까…, $\sqrt{34}$네요.

히파수스 너는 여전히 무모하구나. 모든 게 물거품이 될 수도 있는데 조심성이 없어.

미지수지 승부는 제가 하는 거예요. 제 인생도 제가 사는 거고.

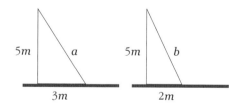

미지수지는 머뭇거리지 않고 $3m$ 쪽 변에 놓인 공을 쳤다. 공은 이번에도 $5m$나 나갔다. 비스듬하게 치면 공이 옆으로 벗어날 가능성이 컸다. 최대한 좁혀서 치는 게 좋았다. 그러나 이번에도 미지수지는 겁 없이 공을 때렸다. 공은 아슬아슬하게 경계선에 걸렸다. 히파수스가 놀라서 소리를 지를 정도였다.

히파수스   넌 정말…, 대책이 없구나.

미지수지   계산하는 데 방해하지 마세요. $\sqrt{5^2 \times 2^2}$ 이니까…, $\sqrt{29}$네요. 앞에서 조금 더 과감했어야 하는데….

히파수스는 고개를 절레절레 흔들며 손으로 이마를 짚었다.

미지수지   계산을 해야겠죠. 점수가 $6\sqrt{34} \times 3\sqrt{29}$인데…, 이걸 어떻게 곱해야…, 음….

히파수스   곱셈은 곱하는 순서를 바꿔도 값이 똑같다.

미지수지   아 그렇지! 그러면 $(6 \times \sqrt{34}) \times (3 \times \sqrt{29})$는 $(6 \times 3) \times (\sqrt{34} \times \sqrt{29})$이랑 같으니까… $18 \times \sqrt{986}$이니까, 면적은 $18\sqrt{986}$이네요. 986을 소인수분해하면 $2 \times 17 \times 29$이니까 제곱근 밖으로 빼낼 것도 없고.

히파수스 $18\sqrt{986}$이라니…, 내가 이곳에서 이 게임을 하는 이들을 여러 번 지켜봤지만, 너처럼 무모한 참가자도 처음이고, 이런 점수도 처음이다.

미지수지　　그럼 저를 오래도록 기억하겠네요. 저는 그걸로 만족해요.

히파수스　　무모함은 후회로 이어진다.

미지수지　　머뭇거리다 후회하는 것보다는 훨씬 나아요. 아저씨 덕분에
　　　　　　제곱근의 곱셈[6]을 어떻게 하는지 배웠네요. 고마워요.

미지수지는 카드에 $18\sqrt{986}$ 을 써서 바닥에 내려놓았다. 보라색 기운이 위로 솟아오르더니 맹렬한 기세로 하얀 기사를 휩쓸었다. 하얀 기사는 제대로 저항도 못 하고 무너졌다. 다시 체스판이 나타나더니 앞쪽에서 황금빛으로 빛나는 정육면체가 보였다. 미지수지는 그곳이 퀸의 자리임을 바로 알아챘다.

미지수지　　퀸의 자리로 가면 승리인 거죠?

히파수스　　그렇지 않다. 퀸의 자리에 가서 대결을 벌여서 이겨야만 승
　　　　　　리다. 거기서 지면 원래 자리로 돌아가서 다시 출발해야 한다.

미지수지　　저는 지지 않아요. 단판에 끝내 버릴 거예요.

미지수지는 당당하게 외치고는 말을 몰아서 퀸의 정육면체로 들어갔

---

6 제곱근의 곱셈
- $\sqrt{a} \times \sqrt{b} = \sqrt{ab}$
- $a \times \sqrt{b} = a\sqrt{b} = \sqrt{a^2 b}$
- $m\sqrt{a} \times n\sqrt{b} = mn\sqrt{ab}$

다. 정육면체 내부는 빛이 강렬했다. 빛에 적응하는 데 꽤 애를 먹었다. 눈이 밝은 빛에 적응했을 때쯤 정육면체 공간이 회색 정육면체와 하얀 정육면체로 나뉘었다. 나무 공은 정육면체 한쪽 모서리에 놓여 있었다. 미지수지가 말안장에서 카드를 꺼내자 대결 규칙이 나타났다.

①번. 공을 맞은편 벽면을 향해 친다.

　– 맞은편 벽면에 맞으면 바로 패배다.

　– 공이 이동한 거리(a)가 육면체 바닥의 한 변이 된다.

②번. 직각으로 방향을 꺾어서 공을 맞은편 벽면을 향해 친다.

　– 맞은편 벽면에 맞으면 바로 패배다.

　– 공이 이동한 거리(b)가 육면체 바닥의 또 다른 한 변이 된다.

　※ ①번과 ②번이 만든 직각삼각형의 빗변이 결괏값 A다.

③번. 나무 채로 바닥을 치면 공이 위로 튀어 오른다.

　– 천장에 부딪히면 바로 패배다.

　– 공이 튀어 오른 높이가 육면체의 높이다.

　※ ①번, ②번, ③번으로 육면체가 만들어진다.

　육면체 출발지점에서 도착지점을 연결한 선이 결괏값 B다.

대결. A와 B 중 하나는 방어, 하나는 공격에 사용한다.

　– 공격용 숫자는 상대편 방엇값을 나눈다.

　– 방어용 숫자는 상대편 공격 값에 의해 나누어진다.

승부. 남은 값이 더 큰 쪽이 승리한다.

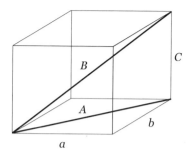

미지수지는 대결 규칙을 꼼꼼하게 확인하더니 눈살을 찌푸렸다.

미지수지   치는 건 자신 있는데 튀어 오르게 하는 건 어떻게 해야 하죠?

히파수스   규칙에 나와 있지 않으냐? 바닥을 때리면 그 힘만큼 위로 튀
          어 오른다.

미지수지   누가 그걸 몰라요? 어느 정도 힘으로 쳐야 하는지 전혀 감
          을 잡을 수 없으니 그렇죠.

미지수지는 나무 채로 바닥을 두드렸다. 아무리 세게 두드려도 공은
꿈쩍도 하지 않았다.

히파수스   세 번째 치는 순번이 되어야 공이 튀어 오른다.

미지수지   치사하고 비겁해. 자기들한테만 유리한 규칙을 만들어 놓고
          마치 공정한 척하는 꼴이라니….

히파수스	단번에 통과하지 못하게 하려고 만든 대결이니 당연하다.
미지수지	이곳을 처음 만든 사람은 분명히 청소년들에 대해서는 눈곱 만큼도 모르는 어른일 거예요.
히파수스	그건 나도 모른다.
미지수지	높이가 안 되면 길이로 승부를 봐야죠.

미지수지는 바닥을 확인하더니 조심스럽게 공을 쳤다. 벽에 부딪히면 모든 게 끝나기 때문에 매우 조심스러웠다. 처음 길이는 $3m$가 나왔다. 벽에 한참 미치지 못하는 거리였다. 잔뜩 실망한 표정을 지은 미지수지는 두 번째 타격에서는 조금 더 과감하게 때렸다. 이번에는 $1m$가 늘어난 $4m$였다. 바닥을 때리는 힘과 튀어 오르는 거리 사이에 어떤 관계가 있는지 전혀 모르기에 신중히 고민하는 척하면서 하얀 기사가 칠 때까지 일부러 기다렸다. 정확히 어느 정도 세기로 바닥을 때리는지는 알 수 없지만 움직임을 관찰해서 참고할 수는 있기 때문이다. 하여 기사는 높이를 가늠하더니 바닥을 힘차게 내리찍었다. 생각보다 꽤 강하게 타격했다. 공은 전체 높이의 70% 지점까지 튀어 올랐다가 떨어졌다. 미지수지는 하얀 기사가 내리치던 모습을 여러 번 되짚어본 뒤에 과감하게 바닥을 내리찍었다. 나무 공은 용수철에 떨어진 공처럼 위로 튀어 올랐다. 지나치게 셌다. 공이 거의 천장 가까이 닿을 듯하다가 바닥에 떨어졌다. 미지수지는 자신도 모르게 안도의 한숨을 내쉬었다.

미지수지 　　A 값은 $\sqrt{3^2+4^2}=\sqrt{25}=\sqrt{5^2}=5$네요. B값은 $\sqrt{3^2+4^2+7^2}=$ $\sqrt{74}$ 이고. A와 B 중에서 뭐로 공격할까요?

세 번째 타격은 미지수지가 확실히 높았지만 하얀 기사가 지닌 A, B 값이 어느 정도인지는 전혀 알 수 없었다. 히파수스는 질문에 대답하지 않고 냉정하게 다음 행동을 지시했다.

히파수스 　　이제 대결을 벌일 시간이다. 공격과 수비를 택해라.

미지수지 손에는 카드 두 장이 들려 있었다. 한 장은 공격용, 한 장은 수비용이었다. 미지수지는 수비 카드에 $\sqrt{74}$ 을 쓰고, 공격 카드에 5를 적었다. 수비 카드는 바닥에 내려놓고, 공격 카드를 하얀 기사를 향해 던졌다. 공격 카드와 수비 카드가 서로 교차했다. 미지수지의 수비 카드 $\sqrt{74}$ 에는 $4\sqrt{2}$ 가 달라붙었고, 미지수지 공격 카드 5는 하얀 기사의 수비 카드 $\sqrt{57}$ 이 달라붙었다.

미지수지 　　이제 어떻게 되는 거죠?
히파수스 　　$\sqrt{74}\div4\sqrt{2}$ 는 너의 값이 되고, $\sqrt{57}\div5$ 는 하얀 기사의 값이 된다.
미지수지 　　$\sqrt{74}\div4\sqrt{2}$ 는 $\dfrac{\sqrt{74}}{4\sqrt{2}}$ 인데….

히파수스　나눗셈은 곱셈과 같은 성질을 지닌다.[7]

미지수지　그러면 제곱근 안으로 곧바로 숫자를 넣어도 되네요.

그러면 제 값은 $\dfrac{\sqrt{74}}{4\sqrt{2}} = \dfrac{\sqrt{37 \times 2}}{\sqrt{4^2 \times 2}} = \sqrt{\dfrac{37}{16}}$ 이네요.

하얀 기사는 $\sqrt{57} \div 5$는 $\dfrac{\sqrt{57}}{5} = \dfrac{\sqrt{57}}{5^2} = \sqrt{\dfrac{57}{25}}$ 네요. $37 \div 16$은…2.3125이니 제 값은 $\sqrt{2.3125}$이고, $57 \div 25$는… 2.28이니 하얀 기사의 값은 $\sqrt{2.28}$이네요. 와! 정말 아슬아슬하게 제가 이겼어요!

미지수지는 방방 뛰면서 좋아했다. 하얀 기사는 흰빛을 쏟아 내며 사라졌고, 빨간 문이 나타났다.

히파수스　이렇게 한 번에 통과한 경우는 이제껏 없었는데… 대단하구나.

미지수지　도전정신이 승리한 거죠.

히파수스　그 무모함…, 아니 도전정신은 나도 배워야겠구나. 다음 칸까지는 내가 안내하마. 따라와라.

7　제곱근의 나눗셈.

- $\sqrt{a} \div \sqrt{b} = \dfrac{\sqrt{a}}{\sqrt{b}} = \sqrt{\dfrac{a}{b}}$
- $\sqrt{a} \div b = \dfrac{\sqrt{a}}{b} = \sqrt{\dfrac{a}{b^2}}$
- $m\sqrt{a} \div n\sqrt{b} = \dfrac{m\sqrt{a}}{n\sqrt{b}} = \dfrac{m}{n}\sqrt{\dfrac{a}{b}}$

히파수스는 복잡하게 얽힌 복도를 능숙하게 지나갔다. 미로를 다 빠져나가자 넓은 길이 나타났다.

히파수스   이 길을 따라가면 다음 칸이다. 나는 여기서부터는 갈 수가 없다.

미지수지   아저씨 덕분에 제가 무사히 통과했네요.

히파수스   아니다. 너를 보면서 나도 많이 깨우쳤다. 내가 발견한 이 진리를 더는 나만 간직해서는 안 되겠다는 생각이 드는구나. 스승님이 두려워서 피하기만 했는데, 이제 당당히 진리를 밝혀야겠다.

미지수지   진리란 좋은 거죠.

히파수스   친구들을 꼭 찾기를 바라마.

미지수지는 길을 따라 사라졌고, 히파수스는 그 길로 스승인 피타고라스를 찾아갔다. 히파수스는 스승에게 자신이 발견한 무리수를 설명했지만, 피타고라스는 그 주장을 받아들이지 않았다. 피타고라스는 히파수스가 자연의 조화를 깨뜨리는 이단자라고 화를 냈고, 결국 배 위에서 죽을 뻔한 위기에 처하게 된 것이다.

03. 프랑켄슈타인과 곱셈공식

: 다항식의 곱셈공식 :

숲속으로 구불구불 이어진 오솔길을 걸어가는데 온갖 동물들이 말을 걸어서 귀가 아플 지경이었다. 벌과 나비는 귀에 바짝 붙어서 끊임없이 종알대고, 사슴은 숲을 뛰어다니다 불쑥불쑥 다가와 질문을 던졌다. 처음에는 재미있어서 대꾸도 해 주고, 성실히 대답했지만, 반응과 상관없이 쏟아지는 말과 질문에 곧 지쳐 버렸다. 친구들을 보았는지 여러 번 질문했지만, 대답은 돌아오지 않았다. 제대로 된 소통이 불가능했다.

고난도   도움 좀 받아 보려나 기대했더니 방해만 되네.

황금비 이 길로 쭉 가면 표지판이 나온다고 했으니까 저들한테 도움을 받지 않아도 돼.

고난도 혹시나 해서 그렇지.

황금비 그나저나 저 사슴은 참 거슬리네.

고난도 그러게. 뛰어다니다가 느닷없이 다가와서 질문을 던지고는 대답도 듣지 않고 뛰어가 버리니….

황금비 쫓아 버릴 수도 없고…, 빨리 가자.

자롱이는 따라오는 새들과 어울리며 날아다녔다. 빙글빙글 돌며 장난도 쳤다. 서로 대화를 나누지는 않았지만, 새와 자롱이는 놀이로 하나가 되었다.

고난도 자롱이만 신났네.

오솔길이 지루하게 여겨질 즈음에 표지판이 나왔다. 두 갈래로 나뉜 갈림길이 어디로 향하는지 알려 주는 표지판이었다.

고난도 갈림길이 나오면 '박사네집'이란 표지판이 나온다고 히파수스가 말하지 않았어?

황금비 분명히 그랬지.

고난도	그런데 '박사네집'이란 표지판은 안 보이고 '트위들'이라고 쓰인 표지판이 양쪽 길을 모두 가리키고 있잖아.
황금비	어디로 가도 같은 곳으로 간다는 뜻일까?
고난도	히파수스는 '박사네집'이란 표지판이 나온다고 했어. 길은 바뀌어도 표지판이 가리키는 방향은 바뀌지 않으니 표지판을 믿으라고.

혹시나 하는 마음에 사슴에게 물었지만, 사슴은 질문에 대답은 안 하고 또다시 자기 질문을 쏟아 냈다. 쉼 없이 입을 놀리던 벌레들은 자기들끼리 논쟁이 붙어서 들은 척도 안 했다. 새들도 자롱이와 놀기만 할 뿐 도움을 주지 않았다.

고난도	여기서 나눠서 가 볼까?
황금비	여기선 통신이 안 돼. 따로 갔다가 일이 꼬이면 어떻게 될지 몰라.
고난도	그럼 선택해야지.
황금비	왼쪽, 오른쪽?
고난도	이럴 때 나우스가 있으면 좋은데….
황금비	난… 오른쪽, 너?
고난도	오른쪽으로 가자. 어차피 고민해 봤자 정답이 뭔지도 모르잖아.

오른쪽 길로 들어서자 벌레들이 더는 말을 걸지 않았고, 사슴도 따라오지 않았다. 자롱이와 놀던 새들도 떠나 버렸다. 자롱이는 뾰로통해하더니 고난도 품에 안겼다. 촉촉하고 깨끗하던 길이 점점 푸석푸석해지더니 발을 딛을 때마다 먼지가 날렸다. 다시 표지판이 나타났는데, 갈림길이 아닌데도 표지판이 두 개였다. 표지판 하나에는 '트위들덤 집', 다른 하나에는 '트위들디 집'이라고 표시되어 있었다.

황금비 트위들덤과 트위들디라면 쌍둥이인가?

고난도 〈거울나라의 앨리스〉에 나오는 쌍둥이 형제야. 꽤 괴팍한 성격이라 만나면 골치가 아플 텐데….

길모퉁이를 도는데 오동통하고 땅딸막하게 생긴 두 남자가 나타났다. 그들은 어깨동무를 한 채 고난도와 황금비를 노려보았다. 잔뜩 찌푸린 얼굴에 우스꽝스러운 모자를 썼는데 생김새와 옷차림이 똑같아서 가슴에 쓰인 '덤'과 '디'라고 쓰인 글씨가 아니라면 누가 누구인지 구분하기 어려웠다. 고난도 품에 안겨 있던 자롱이는 화들짝 놀라더니 가방으로 쏙 들어가 버렸다.

트위들덤 우리가 괴팍하다고?

트위들디 만난 적도 없는 사람에게 괴팍하다고 하다니 예의가 없군.

고난도 아니 그게…….

트위들덤   이럴 때는 '죄송합니다' 하고 말해야 하지 않아?

트위들디   처음 만났는데 '처음 뵙겠습니다' 하고 먼저 말해야지.

트위들덤   사과부터 해야 하는 거야.

트위들디   인사부터 하고 사과를 해야지.

트위들덤/디   너희는 어떻게 생각해?

고난도와 황금비는 당황해서 서로 마주 보았다. 대놓고 의논할 수는 없기에 눈빛으로 의견을 주고받았다. 어느 한쪽 편을 들었다가는 좋지 않을 듯했다. 둘은 말없이 뜻이 통했다.

고난도   죄송합니다. / 황금비   처음 뵙겠습니다. 죄송합니다.

고난도는 사과를 먼저 했고, 황금비는 인사를 하고 사과를 했다. 거의 동시에 말을 꺼냈기 때문에 트위들덤과 트위들디가 트집 잡을 만한 것이 없었다. 트위들덤과 트위들디는 만족했는지 어깨동무를 한 채 춤을 추며 신나게 노래를 불렀다. 워낙 방방 뛰면서 돌아다녔기에 뒤로 몇 걸음 물러나야 했다. 우레와 같은 소리가 들리지 않았다면 언제까지나 이어질지 모르는 춤과 노래였다.

고난도   이게 무슨 소리죠? 혹시 주변에 맹수가 있나요?

트위들디   이건 붉은 왕이 코 고는 소리야.

| 트위들덤 | 오늘은 유난히 시끄러운데. |
| 트위들덤/디 | 가 보자. |

트위들디와 트위들덤은 어깨동무를 한 채 공처럼 뛰어갔다. 고난도와 황금비는 쌍둥이를 따라 붉은 왕이 잠든 곳으로 갔다. 머리부터 발끝까지 온통 붉은색을 두른 한 남자가 나무에 기댄 채 잠들어 있었다. 몸은 전혀 움직임이 없는데 코 고는 소리는 사자 울음보다 맹렬했다.

트위들디	붉은 왕은 지금 꿈을 꿔. 혹시 무슨 꿈인지 알겠어?
고난도	다른 사람 꿈이 뭔지는 아무도 모르죠.
트위들덤	틀렸어. 붉은 왕은 지금 너희가 나오는 꿈을 꾸고 있어.
고난도	말도 안 돼요. 붉은 왕은 저기 있고, 우린 여기 있는데….
트위들디	붉은 왕이 깨어나면… 펑… 펑… 이 모든 현실이 사라지지. 그래서 이곳에서는 아무도 붉은 왕을 깨우지 않아.
고난도	그럼 당신들도 붉은 왕의 꿈에 나오는 존재인가요?
트위들덤/디	당연하지.
고난도	붉은 왕이 꿈에서 깨면 당신들도 사라지나요?
트위들덤	당연히… 펑… 하고 사라지지.
트위들디	펑… 소리 좀 크게 내지 마.
트위들덤	내가 언제 소리를 크게 냈다고 트집이야.

갑자기 트위들덤과 트위들디가 언성을 높이며 다투었다. 그들은 어깨 동무를 한 채 고래고래 소리를 지르며 말싸움을 벌였다. 그대로 두었다 가는 붉은 왕이 깨어날 듯했다.

고난도   그러다 붉은 왕이 깨어나면 어쩌려고 그래요.

트위들덤   그럼 펑… 사라지겠지.

트위들디   그만 싸워야겠군.

쌍둥이는 어깨동무를 한 채 다시 공처럼 통통 뛰어서 어디로 향했다. 고난도와 황금비는 어쩔 수 없이 그들을 뒤따랐다. 풀풀 먼지가 날리는 길을 따라가다 보니 작은 집 두 채가 나타났다. 트위들덤과 트위들디처럼 똑같이 생긴 집이었다. 지붕 위에 '덤'과 '디'라고 쓰인 깃발이 없다면 어디가 누구 집인지 구분하기 불가능했다. 두 집 사이에는 아무런 울타리도 없는데, 바닥에 꽂힌 깃대 두 개로 고정된 하얀 천이 경계를 나누었다. 하얀 천은 가로와 세로가 각각 $1m$인 정사각형이었다.

트위들덤   어, 저게 뭐야? 언제 깃대를 옮겼어?

트위들디   무슨 소리야. 원래 저 자리에 있었어.

트위들덤   거짓말하지 마. 내 집 쪽으로 더 옮겨졌잖아. 내 마당 크기가 줄었어.

트위들디   생트집이야. 나는 깃대를 건드리지 않았어.

둘은 또다시 언성을 높여 싸우더니 어느 순간 어깨동무를 풀고는 서로를 노려보며 으르렁거렸다. 마치 철천지원수 같았다. 트위들덤과 트위들디는 누가 먼저랄 것도 없이 집으로 들어가더니 끝에 원이 달린 긴 지팡이를 들고나왔다. 둘은 동시에 지팡이를 마당에 꽂았다. 호흡 하나 어긋나지 않게 일치된 동작이었다. 손발을 수도 없이 많이 맞춰 본 사이 같았다.

지팡이가 땅에 꽂히자 둥근 원에서 강한 에너지파가 일어나더니 주위로 뻗어 나갔다. 잔잔한 호수에 돌을 던지면 퍼져 나가는 물결 같았다. 둥글게 뻗어 나간 에너지는 깃대 두 개로 고정된 하얀 천에서 정확히 충돌했다. 깃대 근처에서 싸움을 구경하던 고난도와 황금비는 에너지파에 밀려서 양쪽으로 튕겨 나갔다. 둥근 에너지파는 하얀 천을 사이에 두고 충돌했고, 에너지가 점점 강해지며 전기 불꽃이 튀었다. 하얀 천이 찢어질 듯이 당겨지더니 선명한 글씨가 나타났다. 트위들덤 쪽은 $x^2\pi$, 트위들디 쪽도 $x^2\pi$였다. 고난도와 황금비는 조금 떨어진 곳에서 쌍둥이가 벌이는 싸움을 지켜보았다.

고난도	트위들덤 천에 $x^2\pi$가 나타났어.
황금비	트위들디 천에도 마찬가지야.
고난도	원 면적이 에너지 세기인 모양이야.
황금비	쌍둥이라 능력도 습관도 똑같아.
고난도	모든 게 똑같으면 결판이 안 날 텐데.

황금비   저러다 말겠지.

트위들덤과 트위들디는 안간힘을 다해 에너지를 키웠지만, 어느 쪽으로도 밀리지 않았다. 둘이 뿜어 내는 에너지 크기는 완벽하게 똑같았기에 아무런 변화가 없었다. 무의미한 대결이었다. 지켜보는 고난도와 황금비가 지겨움을 느낄 즈음에 트위들덤이 기묘한 손동작을 취했다. 이제껏 거울처럼 같이 움직였는데 처음으로 생긴 변화였다. 트위들덤이 손가락으로 형태를 취할 때마다 지팡이 끝에 달린 원 중심부에 보랏빛이 조금씩 짙어졌다. 점점 진해지던 보랏빛은 마침내 작은 공이 되었다.

고난도   저 보랏빛 공…. 그거 맞지?
황금비   맞아!

보랏빛 공은 점점 진해지더니 한 점으로 응축이 되다가 강하게 폭발했다. 보랏빛 에너지가 원을 채웠다. 트위들덤이 발산하는 에너지파가 강해지며 트위들디 에너지파를 밀어냈다. 트위들디 에너지파는 트위들덤 쪽이 커진 만큼 줄어들었다.

일정하게 늘어나던 트위들덤 에너지파는 어느 시점에 더는 팽창하지 못했다. 다시 에너지파가 균형을 맞추었다. 늘어난 반지름이 어느 정도인지 어림은 되지만 정확한 치수는 알 수 없었다. 두 에너지파가 전기 불꽃을 일으키며 부딪치자 다시 하얀 천에 선명한 글씨가 나타났다. 트위들덤

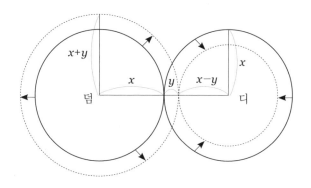

쪽은 $(x+y)^2\pi$, 트위들디 쪽은 $(x-y)^2\pi$였다. 고난도와 황금비는 더 멀리 밀려나서 그 모습을 지켜보기만 했다.

고난도　지름이 늘어난 만큼 에너지파 세기가 강해졌어.

황금비　그러게. 트위들덤은 반지름이 길어지니 원 면적이 $(x+y)^2\pi$
　　　　가 되고, 트위들디는 반지름이 줄어드니 원 면적이 $(x-y)^2\pi$
　　　　가 되었어.

고난도　어, 저거 왜 저러지?

황금비　천이 두 겹으로 갈라져.

고난도　트위들디 쪽 천에 새로운 색깔이 생겼어.

황금비　트위들덤 쪽 천도 마찬가지야.

트위들덤 쪽 천은 면적이 x^2인 사각형에 면적이 xy인 사각형 2개와 면적이 y^2인 사각형 1개가 추가되었다. 그래서 트위들덤 쪽 천에 그려진

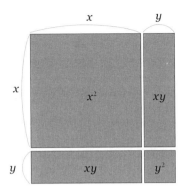

사각형의 총면적은 $x^2+2xy+y^2$이 되었다. 천 바로 앞에는 π가 적힌 보라색 공이 있고, 그 공이 천과 계속 신호를 주고받았다. 따라서 트위들덤 에너지파의 세기는 $(x^2+2xy+y^2)\pi$였다.[8]

트위들디 쪽 천은 면적이 x^2인 사각형에서 면적이 xy인 사각형 2개가 빠져나갔다. 그러니까 면적이 x^2-2xy가 된 것이다. 그런데 면적이 xy인 사각형이 2번 빠지면서 이중으로 빠지는 부분(다음 그림에서 y^2 영역)이 생겼다. 따라서 그 부분 면적인 y^2을 더해 주어야 했다. 그래서 트위들디 쪽 천의 총 면적은 $x^2-2xy+y^2$이 되었다. 천 바로 앞에는 π가 적힌 하얀 공이 있고, 역시 그 공이 천과 계속 신호를 주고받았다. 따라서 트위들디 에

---

8 곱셈공식 $(x+y)^2=x^2+2xy+y^2$을 도형으로 증명한 것이다.
곱셈의 분배법칙으로도 이 공식을 증명할 수 있다.

$$
\begin{aligned}
(x+y)^2 &= (x+y)(x+y) && x+y를\ M이라\ 하고,\ 곱셈공식을\ 적용하면 \\
&= xM+yM && M에\ x+y를\ 적용하면 \\
&= x(x+y)+y(x+y) && 다시\ 곱셈공식을\ 적용하면 \\
&= x^2+xy+xy+y^2 && 식을\ 정리하면 \\
&= x^2+2xy+y^2
\end{aligned}
$$

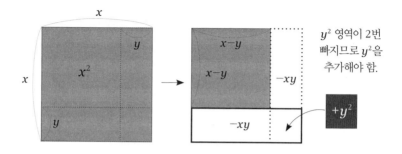

y^2 영역이 2번 빠지므로 y^2을 추가해야 함.

너지파의 세기는 $(x^2-2xy+y^2)\pi$였다.[9]

더 넓은 면적을 확보한 트위들덤은 의기양양했고, 트위들디는 침울해 보였다. 트위들덤이 승리하고 트위들디가 패배한 채로 대결은 마무리될 분위기였다.

고난도   승리한 트위들덤에게 축하를 보내고, 패배한 트위들디에게 위로를 전해야 할까?

황금비   내 생각에는 아무 말도 안 하는 게 좋겠어.

고난도   친구들을 봤는지 물어봐야 하잖아.

---

9 곱셈공식 $(x-y)^2 = x^2-2xy+y^2$을 도형으로 증명한 것이다.
곱셈의 분배법칙으로도 이 공식을 증명할 수 있다.

$$(x-y)^2 = (x-y)(x-y)$$ $x-y$를 M이라 하고, 곱셈공식을 적용하면
$$= xM - yM$$ M에 $x-y$를 적용하면
$$= x(x-y) - y(x-y)$$ 다시 곱셈공식을 적용하면
$$= x^2 - xy - xy + y^2$$ 식을 정리하면
$$= x^2 - 2xy + y^2$$

황금비   트위들덤에게 물어보자. 이겨서 기분도 좋고, 무엇보다 보라
        색 에너지 공이 어디서 났는지 확인해야 하니까.

대결이 끝나기를 기다리는데 이상야릇한 기운이 느껴졌다. 희뿌연 먼
지가 밀려들더니 점점 바람이 거칠어지고 모래가 피부를 때렸다. 트위들
덤과 트위들디가 맞부딪쳤을 때보다 더 강한 에너지파가 고난도와 황금
비를 멀리 튕겨냈다. 몸을 주체할 수 없을 만큼 강력한 힘이었다. 겨우 몸
을 추스른 뒤에야 모래바람을 일으킨 주인공이 누구인지 알아차렸다.

고난도   저건 험프티덤프티야.
황금비   저자도 〈거울나라의 앨리스〉에 나오는 캐릭터야?
고난도   원작 소설에서는 나쁜 캐릭터가 아닌데 왜 저러지?

서로 다투던 트위들덤과 트위들디는 험프티덤프티를 보자마자 힘을
합쳐서 대항했다. 트위들덤은 $(x+y)$가 반지름인 원의 힘을, 트위들디는
$(x-y)$가 반지름인 원의 힘을 펼쳐 냈다. $(x+y)$와 $(x-y)$는 π와 결합해서
에너지장이 되었다. 에너지장의 크기는 $(x+y)(x-y)\pi$였다.

그런데 트위들디에게 '$-y$'가 있다 보니 에너지파가 제대로 발휘되지
못했다. x^2은 그대로지만 '$+xy$'와 '$-xy$'가 붙으면서 xy가 만들어 낸 에
너지파는 사라져 버렸다. y^2은 마이너스 값인 탓에 x^2이 만들어 낸 에너
지파를 줄이는 역할을 했다. 결국 $(x+y)(x-y)\pi$가 만들어 낸 에너지파

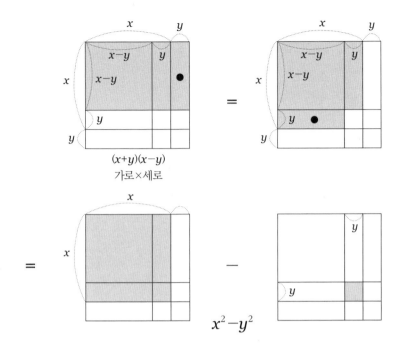

$(x+y)(x-y)$
가로×세로

x^2-y^2

는 $(x^2-y^2)\pi$ 밖에 되지 않았다.[10]

　험프티덤프티가 뿜어 내는 에너지파는 점점 강해지고 트위들덤과 트위들디가 맞서는 에너지파는 점점 약해졌고, 존재마저 희미해졌다. 처음에는 깃발이 흐려지더니 다음에는 집이 흐려지고 마지막에는 트위들덤과 트위들디마저 희미해져 갔다.

10　곱셈공식 $(x+y)(x-y)=x^2-y^2$을 도형으로 증명한 것이다.
　　곱셈의 분배법칙으로도 이 공식을 증명할 수 있다.
　　$(x+y)(x-y)$에서 $x-y$를 M이라 하고, 곱셈공식을 적용하면
　　$(x+y)(x-y)=xM+yM$　　　　　　　M에 $x-y$를 적용하면
　　　　　　　　$=x(x-y)+y(x-y)$　　다시 곱셈공식을 적용하면
　　　　　　　　$=x^2-xy+xy-y^2$　　식을 정리하면
　　　　　　　　$=x^2-y^2$

고난도	트위들덤, 빨리 양보를 해요. 아까 차지했던 땅을 양보하면 힘이 더 강해질 거예요.
트위들덤	그럴 수 없어. 저 녀석이 내 땅을 차지했단 말이야. 겨우 되찾았는데….
고난도	이대로 가면 둘 다 소멸해요.
트위들덤	절, 대, 안, 돼, 난, 양, 보, 못, 해.
험프티덤프티	하하하, 그 녀석들은 절대 힘을 합치지 않아. 이제야 꼴 보기 싫은 네 녀석들을 붉은 왕의 꿈에서 지워 버리겠구나. 잘 가라, 심술궂은 쌍둥이야.

험프티덤프티는 의기양양하게 거들먹거리며 더 강하게 밀고 들어왔다.

고난도	이제 곧… 트위들덤 트위들디 형제는 펑~ 하고 사라지겠군요. 잠깐이었지만 반가웠어요. 잘 가세요.

고난도는 예의를 갖춰 작별 인사를 했다.

트위들덤	펑~ 하고 사라지다니, 난 절대 그럴 수 없어.
트위들디	우린 이 꿈에서 영원해.
트위들덤	그럼, 우린 쌍둥이니까.

트위들덤은 보라색 구슬을 회수했다. 트위들디 쪽으로 확장되었던 영역이 원래대로 돌아왔다. 각각이 만들어 낸 에너지파는 각각 $x^2\pi$가 되었고, 합쳐진 에너지파는 $2x^2\pi$가 되었다. 갑작스럽게 폭발한 에너지파는 험프티덤프티를 사정없이 휘몰아쳤다. 모래바람은 태풍에 나뭇잎이 날아가듯 흩어졌고, 험프티덤프티는 저주를 퍼부으며 멀리 도망쳤다. 험프티덤프티를 물리친 트위들덤과 트위들디는 가운데서 만나 다시 어깨동무하더니 고난도와 황금비에게 다가왔다.

트위들덤   '잘 가세요'라는 인사는 취소해.

고난도   그럼요. 취소할게요. 다시 만나서 반갑습니다.

트위들디   아주 예의가 바르군.

트위들덤   그나저나 여긴 웬일이지?

황금비   친구들을 찾아왔어요.

황금비가 친구들에 대해 자세히 설명했다.

트위들디   우리는 그 애들을 본 적이 없지만 알 만한 사람을 소개해 줄게.

트위들덤   저 아래 길로 쭉 내려가다가 왼쪽으로 한 번, 오른쪽으로 한 번 꺾어진 곳으로 가면 꽤 큰 성이 나와. 그 성에는 박사가 사는데 아마 네 친구들이 어디 있는지 알 거야.

고난도	박사라고 했나요?
트위들디	그래 박사.
황금비	그 박사 이름은 아세요?
트위들덤	이름은 몰라. 그냥 박사야.
고난도	히파수스가 말한 그 박사일까?
황금비	아무래도 그럴 가능성이 크지 않겠어? 여기서 박사가 여러 명일 가능성은 작으니까.
트위들덤	이제 헤어질 시간이군.
트위들디	헤어질 때는 '만나서 반가웠습니다' 하고 인사해야 해.
트위들덤	무슨 소리야? '안녕히 계세요' 하고 인사해야지.
트위들디	또 억지를 부리네.
트위들덤	아직 버릇을 못 고쳤군.

고난도와 황금비는 눈짓을 주고받더니 얼른 인사를 했다.

고난도	만나서 반가웠습니다.	황금비	안녕히 계세요.
트위들디	만나서 반가웠어.	트위들덤	안녕히 잘 가.

트위들덤과 트위들디는 어깨동무를 한 채 먼지가 나는 길로 공처럼 뛰어서 사라졌다. 황금비와 고난도는 트위들덤과 트위들디가 알려 준 길로 내려갔다. 첫 갈림길에서 왼쪽으로, 둘째 갈림길에서 오른쪽으로 꺾었

다. 화강암을 촘촘히 깔아 놓은 길이 나타났다. 바닥은 울퉁불퉁했지만 단단하고 깔끔했다. 짙은 나무 그늘을 지나자 제법 큰 성이 나타났다. 기초부터 지붕까지 모두 화강암으로 만든 성이었다.

성에 가까이 가니 그때까지 환하던 하늘에 검은 먹구름이 끼며 음산해졌다. 굵은 빗줄기가 내리치며 모든 생명과 사물을 짓눌렀다. 비를 피해서 재빨리 현관으로 뛰었다. 그 사이에 빗줄기는 더욱 굵어져서 무섭게 건물을 두드렸다. 빗방울이 창문마저 뚫을 기세였다. 현관문을 밀고 들어가니 위로 올라가는 계단과 지하로 내려가는 계단이 보였다. 어디로 갈지 망설이는데 지하에서 희미한 빛이 흔들렸다. 빛을 따라서 나선형 계단을 타고 내려갔다.

계단은 거대한 지하실과 곧바로 이어졌다. 지하실 곳곳에는 온갖 약품과 유기물들이 어지럽게 널려 있었다. 지하실 한가운데에는 사람 형상을 한 시체가 놓였는데 몸집이 보통 사람보다 훨씬 컸다. 스산하고 서늘한 기운이 좀처럼 발을 들여놓지 못하게 했다. 지하실 귀퉁이에 놓인 벽장이 흔들리더니 그 안에서 초췌한 얼굴에 하얀 가운을 입은 사람이 약품 상자를 들고 바쁜 걸음으로 나왔다. 아무래도 그 사람이 박사인 모양이었다. 박사는 약품 상자를 시체 옆에 놓더니 공책을 보며 한참 동안 계산을 했다. 계산이 잘못됐는지 몇 번이나 머리를 쥐어뜯었다.

박사   여기서 실수를 했군.

박사는 계산을 마무리하자 상자에서 유리병을 꺼냈다. 그러다 입구에서 멀뚱히 지켜보는 황금비와 고난도를 발견했다.

박사   너희는 누구지?

고난도와 황금비는 이름을 말한 다음, 친구들을 찾으러 왔다고 말했다. 그러고는 박사가 자신들이 찾는 그 사람인지 확인하려고 질문했다.

황금비   혹시 박사님 성함이 어떻게 되는지 여쭤봐도 될까요?

박사   내 이름은 빅토르 프랑켄슈타인이다. 내 운명을 지배하는 정신은 자연과학이며, 내 영혼은 생명에 감춰진 열쇠를 찾아내어 찬란하게 빛났다가 욕망과 탐욕으로 금기를 건드리면서 어둠으로 떨어졌지.

황금비   프랑켄슈타인이면 죽은 사람에게서 신체 부위를 떼어 내어 새롭게 만들어 낸 괴물 생명체 아닌가요?

박사   많은 이들이 괴물을 프랑켄슈타인이라고 부르기는 하지만, 그 괴물, 아니 내가 만든 피조물은 프랑켄슈타인이 아니야. 내가 바로 프랑켄슈타인이다.

황금비   혹시 지금 실험대 위에 올려놓은 그 기이한 육체가 바로 그 피조물인가요?

박사   슬프지만 내가 만들어 낼 또 다른 피조물이다 프랑켄슈타인 박사는 실험대 위에 놓인 피조물을 물끄러미 내려다보면서 복잡한 표정을 지었다. 심한 자책과 자부심이 뒤엉킨 기묘한 감정이 느껴졌다.

박사 나는 창조자가 되고 싶었다. 근원을 밝히고 싶었다. 나는 내가 창조한 생명에 더할 나위 없이 아름다운 축복을 내리고 싶었다. 내 삶은 그 갈망으로 불타올랐고, 마침내 어느 음산한 밤, 그래, 꼭 지금과 같은 날씨에, 생명이 새롭게 눈을 뜨게 만들었다. 그러나…, 그러나 그 감격에 젖어야 할 순간에, 나는 내 열정이 얼마나 광기 어린 탐욕이었는지 깨달았다. 아름다운 꿈은 사라지고 그 자리에는 악몽이 똬리를 틀었다. 아름다운 축복이 자리해야 할 곳에 역겨움과 공포가 피어났다.

고난도 그런데 왜 다시 이런 괴물을 만드는 거죠?

황금비 그때 저질렀던 실수를 만회하고 싶은 건가요?

박사 실수는 되돌릴 수 없다. 후회는 고통만 되살린다. 나는 그저… 나는… 아니다. 서둘러야 한다. 주어진 시간이 별로 없다.

프랑켄슈타인 박사는 노란 병에서 X가 적힌 짧은 막대기를 두 개 꺼내서 실험대 위에 나란히 놓았다. X 막대기에서 노란 연기가 몽글몽글 피어났다. 프랑켄슈타인 박사는 파란 병에서 A라고 적힌 막대기를, 초록

병에서는 B라고 적힌 막대기를 꺼냈다. A 막대기에서는 푸르스름한 물기가 흐르고, B 막대기에서는 초록색 젤이 진득진득하게 꾸물거렸다. 박사는 A 막대기를 들더니 X 막대기 끝에 붙였다. A에서 액체가 흐물흐물 흐르더니 X와 결합하며 스펀지처럼 부드러운 막대기가 되었다. 이어서 B 막대기를 또 다른 X 막대기 끝에 붙이자 X와 B가 결합되면서 젤리와 같은 막대기로 변했다.

고난도   지금 뭐 하시는 거죠?

박사   보시다시피 X와 A를 결합하고, X와 B를 결합하게 했다.

고난도   그게 뭔지 궁금해서요.

박사   두고 보면 안다. 이제 $(X+A)$와 $(X+B)$에 전기 충격을 가해 에너지를 증폭시킬 것이다. 위험하니 세 걸음만 뒤로 물러나라.

박사는 빨간색과 파란색 전기장치를 $(X+A)$와 $(X+B)$ 막대기에 각각 연결한 뒤 큰 시험관 안에 집어넣었다. 발전기 전압을 조절하더니 전원을 올렸다. 강한 불꽃이 시험관 안을 채우자 $(X+A)$와 $(X+B)$가 뒤엉키며 화학반응이 일어났다. 전기 불꽃은 시험관을 뚫고 바깥까지 뻗어 나왔다. 박사가 위험하다고 한 까닭을 알 만했다. 정점을 향해 치닫던 전기 불꽃은 '펑!' 소리를 내며 갑자기 사라졌다.

시험관 안에는 세 가지 물질이 새롭게 형성되어 있었다. 왼쪽 물질은

X 막대기처럼 노란 연기를 내뿜는데 형태는 막대기가 아니라 꽤 큰 구슬이었다. 구슬 표면에는 x^2이라고 적힌 글씨가 선명했다. 가운데 물질은 **빼빼로**에 초콜릿을 입힌 모양이었는데, 중심부에는 노란 연기가 나는 막대기가 자리하고 겉에는 푸르스름한 물기가 흐르는 A 막대기와 초록색 젤이 흐르는 B 막대기가 한 덩어리가 되어 노랑 막대기를 휘감았다. 겉면에는 '$(A+B)x$'라고 적혀 있었다. 마지막으로 오른쪽에 놓인 물질은 푸른색과 초록색이 뒤섞여 청록색이 된 막대기인데 표면에 적힌 글씨는 AB였다.

박사는 결과물을 하나씩 확인하더니 아주 만족스러운 웃음을 지었다.

박사   이게 어떻게 된 건지 궁금한가?

박사는 고난도와 황금비가 묻지도 않았는데 군이 설명했다.

박사   물질끼리 결합해서 새로운 창조물을 만들어 내었다. 이게 바로 화학이다. 보통 화학은 아니지만.

고난도   곱셈공식과 비슷하네요. $(X+A)$인 신물질과 $(X+B)$라는 신물질을 전기신호로 화학반응을 일으킨 거죠. 마치 곱셈처럼. 그러니까 $(x+a)$와 $(x+b)$를 곱해서 식이 펼쳐진 것처럼 반응이 일어난 거네요.

박사   제법 똑똑하구나.

박사는 종이에 도형을 몇 개 그렸다. 도형을 보니 원리가 한눈에 들어왔다.

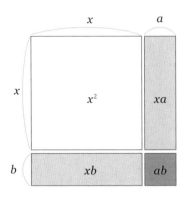

박사 $(x+a)$와 $(x+b)$를 곱하면 x^2, ax, bx, ab라는 네 가지 사각형이 만들어진다. ax와 bx는 별도로 두어도 되지만 공통점인 x를 중심으로 묶으면 $(a+b)x$로 정리된다. 그래서 $(x+a)$ $(x+b)=x^2+(a+b)x+ab$가 되지.[11] 너희들은 지금 그 결과물을 눈으로 보고 있는 것이다.

---

11   곱셈공식 $(x+a)(x+b)=x^2+(a+b)x+ab$를 도형으로 증명한 것이다.
곱셈의 분배법칙으로도 이 공식이 성립함을 증명할 수 있다.

$(x+a)(x+b)$ $x+b$를 M이라 하고, 곱셈공식을 적용하면

$=xM+aM$ M에 $x+b$를 적용하면

$=x(x+b)+a(x+b)$ 다시 곱셈공식을 적용하면

$=x^2+bx+ax+ab$ 식을 정리하면

$=x^2+(a+b)x+ab$

박사는 세 가지 산물을 집게로 조심스럽게 들더니 종아리, 발목, 발끝에 얹었다. 생산물은 몸에 닿자마자 스펀지에 흡수되는 물처럼 몸 안으로 스며들었다. 박사는 다시 병에서 X자가 적힌 물질 두 개를 꺼내서 바닥에 놓더니, 이번에는 전혀 새로운 병에서 다른 물질들을 꺼내서 복잡하게 섞었다. A와 X, A와 C를 각각 전기자극으로 화학반응을 일으켜 하나의 물질로 만들었다. 그다음에 AX에는 B를, CX에는 D를 결합했다. 그렇게 해서 $AX+B$란 막대기와 $CX+D$란 물질이 만들어졌다. 이번에도 전기장치에 두 막대기를 각각 결합하더니 시험관에 넣었다. 전압을 최대치로 올리고 전원을 켜자 조금 전보다 훨씬 강한 전기 불꽃이 일어났다. 점점 보라색 불꽃이 강해지더니 이번에도 '펑!' 하고 터지면서 새로운 물질이 나타났다. 겉모양은 비슷한데 밖에 적힌 글씨는 확연히 달랐다. 왼쪽은 ACx^2, 가운데는 $(AD+BC)x$, 왼쪽은 BD가 적혀 있었다.

고난도 이것도 조금 전과 마찬가지로 $(ax+b)$와 $(cx+d)$를 곱해서 펼쳐진 것처럼 전기신호로 화학반응을 일으킨 거네요.

박사 이제는 바로 알아차리는구나.

박사는 조금 전에 그렸던 도형에서 글씨만 지우고 다시 썼다.

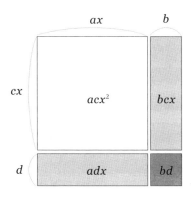

박사 　　$(ax+b)$와 $(cx+d)$를 곱하면 acx^2, bcx, adx, bd라는 네

가지 사각형이 만들어진다. bcx와 adx는 별도로 두어도

되지만 묶어서 정리하면 $(ad+bc)x$가 된다. 그래서 $(ax+b)$

$(cx+d)=acx^2+(ad+bc)x+bd$가 되지.[12]

12　곱셈공식 $(ax+b)(cx+d)=acx^2+(ad+bc)x+bd$를 도형으로 증명한 것이다.
　　곱셈의 분배법칙으로도 이 공식이 성립함을 증명할 수 있다.

　　$(ax+b)(cx+d)$　　　　　　　$cx+d$를 M이라 하고, 곱셈공식을 적용하면

　　$=axM+bM$　　　　　　　　M에 $cx+d$를 적용하면

　　$=ax(cx+d)+b(cx+d)$　　　다시 곱셈공식을 적용하면

　　$=acx^2+adx+bcx+bd$　　　식을 정리하면

　　$=acx^2+(ad+bc)x+bd$

고난도 곱셈을 펼치면 정말 신기한 현상이 벌어지는군요.[13]

박사는 설명을 마친 뒤에 역시 집게로 생산물을 집어서 몸에 올려놓았다. 이번에 올려놓는 데는 오른쪽 귀였다. 평범해 보이던 귀에 생산물을 올려놓자 귀가 점점 변했다. 변화하는 귀를 보면서 황금비와 고난도 표정이 심하게 일그러졌다. 그럴 수밖에 없는 것이 귀 모양이 메좀비와 똑같았기 때문이다. 그제야 프랑켄슈타인 박사가 만드는 생명체가 메좀비와 거의 같은 괴물임을 깨달았다.

황금비　　박사님이 지금 만들고 있는 창조물이⋯ 혹시⋯ 메좀비 아닌가요?

박사는 집게를 내려놓더니 얼굴이 딱딱하게 굳으며 팔짱을 꼈다.

프랑켄슈타인　　네가 메좀비를 어떻게 알지?

황금비　　이 괴물을 만들면 절대 안 돼요. 이건 메타버스 세상을 망치는 괴물이라고요.

---

13 곱셈공식 정리.
- $(x+a)^2 = x^2 + 2ax + a^2$
- $(x-a)^2 = x^2 - 2ax + a^2$
- $(x+y)(x-y) = x^2 - y^2$
- $(x+a)(x+b) = x^2 + (a+b)x + ab$
- $(ax+b)(cx+d) = acx^2 + (ad+bc)x + bd$

프랑켄슈타인	더는 후회하지 않기 위함이다.
황금비	이걸 만들면 더 후회할 일이 벌어질 거예요.
프랑켄슈타인	나는 처음에 그 괴물을 만들고 기겁을 했다. 놀라서 도망쳤다. 괴물을 버렸다. 괴물은 세상을 떠돌다가 온갖 구박을 당했고, 그 억울함은 나를 향한 분노로 터져 나왔다. 내 조카를 죽이는 잔인한 짓까지 아무렇지 않게 저질렀고, 가족같이 지내는 하인에게 살인 누명을 덮어씌웠다. 그 정도에서 멈추지 않고 괴물은 내가 가장 사랑하는 엘리자베스를 죽이겠다고 위협했다. 자신과 똑같은 여자 괴물을 만들어주지 않으면 엘리자베스를 죽이겠다고 했다. 나아가 내가 사랑하는 모든 걸 파괴하겠다고 했다. 나는 고심 끝에 그 제안을 거절했다. 이유가 뭔지 아나? 그건 황당하게도 그때까지 생각한 적도 없던 인류애였다. 괴물이 후세를 낳으면 어찌 될지 걱정했다. 인간을 위협하는 새로운 종이 탄생하면… 인류가 위험해질 거로 생각했다. 그래서 거절했다. 그런데, 그런데 그 결과는… 끔찍한 파괴였다. 엘리자베스는 죽고… 나는 모든 걸 잃었다. 그때 나는… 괴물과 타협해야 했다. 괴물이 한 제안을 받아들여야만 했다. 그랬다면 사랑하는 엘리자베스는… 죽지 않았다. 내가 엘리자베스를 죽였어. 내가… 괴물을 만들고… 괴물을 버리고… 마지막에 알량한 인류애 때문

에… 엘리자베스를 죽게 했다.[14]

황금비   끔찍한 비극이지만, 마지막 선택은 올바로 하신 거예요. 지금 그때와 같은 결정을 내려야 해요.

프랑켄슈타인   그럴 수 없다. 그자가 날 또다시 위협했다. 다시 만들라고 했다. 안 만들면… 그 끔찍한 비극이 계속 되풀이되게 만들겠다고 협박했다. 난 만들어야 한다. 다시는 엘리자베스를 잃어버리는 고통을 겪고 싶지 않다. 인류는 다른 사람들이 알아서 걱정하라고 해!

황금비   당신이 이 괴물을 만들려고 한다면… 저희는 그것을 막을 수밖에 없어요.

프랑켄슈타인   너희들이 나를 막아?

황금비   왜요? 못 막을 것 같나요?

고난도   당신이 만들어서 메타버스에 풀어놓은 메좀비를 우리가 없앴어요. 이번에도 없애 주죠.

프랑켄슈타인   그자가 말한 걸림돌이 바로 너희들이구나.

고난도   당신이 말한 그자는 피타고X군요.

프랑켄슈타인   너희는 날 막을 수 없어.

황금비   그건 붙어 봐야 알죠.

---

14   소설 『프랑켄슈타인』(메리 셸리).

황금비는 손에 잡히는 도구를 아무거나 잡아서 실험대에 놓인 시체를 향해 휘둘렀다.

프랑켄슈타인   안 돼!

프랑켄슈타인이 고함을 치면서 유리병을 집어 들었다. 유리병에서 보라색 광채가 쏟아지며 시선을 꽉 채우더니, 거대한 거울이 나타났다. 거울에는 의자를 집어 든 황금비와 여의봉을 꺼내는 고난도가 정지화면처럼 비췄다. 이윽고 거울이 꼬이더니 괴이한 현상이 벌어졌다.

04. 거울나라의 인수분해

: 인수분해 :

시간이 멈추고 뒤틀렸다. 화살표 방향이 바뀌었다. 영화 속 느린 화면처럼 장면 하나하나가 뚝뚝 끊어졌다. 시간이 아주 천천히 흐르면 그런 느낌이 들지도 모르겠다는 생각이 들었다. 정지화면 안에서 앨리스와 하얀여왕이 대화를 나누었다.

하얀여왕　　거꾸로 살다 보면 헷갈릴 때가 많아.

앨리스　　　거꾸로 산다니, 그런 말은 처음 들어봐요.

하얀여왕	잘 이해 못 하는구나. 예를 들어 설명해 주마. 만약에 심부름꾼이 감옥에 갇혀서 벌을 받는다고 해 보자.
앨리스	왜 반창고를 붙이세요?
하얀여왕	그건 조금 뒤에 얘기해 주마. 감옥에 갇혔다면 재판은 다음 주에 열리고, 그다음 주에 죄를 짓는 거야.
앨리스	그 사람이 죄를 짓지 않을지도 모르잖아요?
하얀여왕	그럼 더 좋은 일이지.
앨리스	그런데 반창고 위에 실은 왜 동여매세요?
하얀여왕	그건 내가… 아야, 아야, 아야! 손가락에서 피가 나.
앨리스	왜 그러세요? 손가락을 찔렸어요? 손가락을 찔릴 만한 게 없는데….
하얀여왕	아직은 아니지만, 곧 찔릴 거야. 아야, 아야!
앨리스	언제 찔리는데요?
하얀여왕	내가 숄을 고정하려고 하다가 실수해서 브로치를 잘못 잡았거든.
앨리스	조심하면 되잖아요.
하얀여왕	이미 일어난 일이야. 조심한다고 뒤바뀌지 않아. 아야!
앨리스	조심하세요. 지금 숄을 다시 고정하려고 하시잖아요. 브로치를 잡으면…. 괜찮으세요? 방금 찔리셨잖아요.
하얀여왕	넌 아직 이해를 못 하는구나. 내가 왜 고함을 질러야겠

어? 이미 아프다고 고함도 질렀고 피도 났잖아.[15]

주위가 점점 밝아지며 까마귀가 날아올랐다. 멈춘 듯했던 시간이 다시 걸음을 뗐다. 걸음에 맞춰 지독한 두통이 고난도와 황금비를 괴롭혔다. 모든 기억을 지워 버릴 만큼 강력한 두통이었다. 도저히 참을 수가 없어서 머리를 부여잡고 두 눈을 감았다. 차 한 잔 마실 시간이 지나자 두통이 점점 옅어졌다. 견딜 만한 통증이었지만, 찝찝하고 불쾌한 기분은 끈적끈적하게 남아서 질척거렸다.

빛이 퍼지며 거울이 사라지자 고난도는 여의봉을 집어넣었고 황금비는 의자를 내려놓았다. 프랑켄슈타인은 빛을 빨아들인 유리병을 조심스럽게 실험대에 올려놓았다. 고난도와 황금비는 실험대 위에 놓인 시체가 메좀비임을 알아채고 놀랐다. 프랑켄슈타인 박사는 메좀비 귀에서 오묘한 빛이 나는 물질을 네 조각 뽑아냈다. 그 물질들 표면에는 acx^2, adx, bcx, bd란 글귀가 각각 적혀 있었다.

프랑켄슈타인　여기에 acx^2, adx, bcx, bd라는 물질이 있다. 이 물질을 반응이 일어나기 전에 있었던 원래 물질로 되돌리려면 어떻게 해야 할까?

고난도　시간을 거꾸로 흐르게 해야 한다는 말인가요?

15　『거울나라의 앨리스』(루이스 캐럴).
제5장 '양털과 물'에 나온 장면을 각색했다.

프랑켄슈타인   반응이 일어나기 전으로 되돌리는 일이니, 시간을 거꾸로 흐르게 한다는 표현도 적절해 보이는구나.

고난도   조금 복잡해 보이는데요.

프랑켄슈타인   세상은 복잡하지만, 진리는 단순하단다.

프랑켄슈타인은 네 개의 물질을 도형 네 개로 형상화했다.

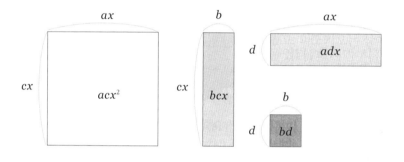

프랑켄슈타인   이 그림에서 보듯이 acx^2, adx, bcx, bd란 요소를 하나로 합치면 어떻게 될까? 이 분리된 그림을 하나로 합체하면… 이렇게 되지.

프랑켄슈타인은 그림을 하나로 모아서 큰 사각형 형태가 되게 했다.

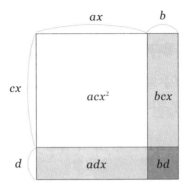

프랑켄슈타인   이것은 네 가지 원소가 모여서 만든 $acx^2+(ad+bc)x+bd$
란 유기물 사각형이다. 보다시피 이 사각형은 한 변은
$(ax+b)$, 다른 한 변은 $(cx+d)$이다. 면적은 $(ax+b)(cx+d)$
이고 이걸 전개하면 $acx^2+(ad+bc)x+bd$가 되지. 그러니까
$acx^2+(ad+bc)x+bd$를 원래 요소로 되돌리면, 즉 시간을
거꾸로 되돌리면 $(ax+b)(cx+d)$가 되는 거야.

고난도   이건 어디서 봤던 느낌이 나는데….

프랑켄슈타인   그걸 기시감이라고 하지. 하하하!

고난도는 언제 이 일을 겪었는지 기억을 떠올리려고 했지만 희뿌연 안
개에 갇힌 듯 종잡을 수 없었다.

프랑켄슈타인   도형으로 그리지 않고 식으로 표현하면 더 단순하지. 나는
이런 실험을 수없이 반복했기에 간단하게 이런 방법을 써.

프랑켄슈타인은 종이에 수식을 간단하게 적었다.

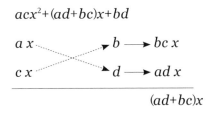

$$acx^2+(ad+bc)x+bd$$

고난도 수식으로 정리하니 도형을 그릴 필요도 없이 아주 간단하
네요. 저렇게 식을 쓰면 $acx^2+(ad+bc)x+bd$는 $(ax+b)$와
$(cx+d)$란 두 요소로 분리되는군요.

프랑켄슈타인 맞아. $acx^2+(ad+bc)x+bd=(ax+b)(cx+d)$인 거지.

프랑켄슈타인 박사는 acx^2, adx, bcx, bd를 시험관에 넣었다. 시험
관에서 푸른 불꽃이 맹렬하게 일어났는데 마치 공기 중에서 전기를 빨아
들이는 듯했다. 불꽃이 일수록 전선이 뒤틀렸고, 전기장치는 요동을 쳤
다. 강렬하던 불꽃이 차츰 약해졌고, 불꽃이 사라지자 $(ax+b)$와 $(cx+d)$
라고 쓰인 물질이 시험관 안에 남았다. 프랑켄슈타인 박사는 그 물질을
유리병에 넣었다.

이번에는 피조물 발에서 물질 네 개를 뽑아냈는데 표면에 x^2, ax, bx,
ab라고 적혀 있었다.

프랑켄슈타인   이걸 어떻게 원래 요소로 되돌려야 할지 알겠니?

고난도   이건 조금 전과 같잖아요. 더 단순하고.

고난도는 종이에 빠른 손놀림으로 사각형 네 개를 그렸다.

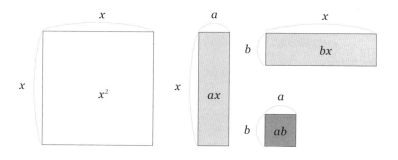

프랑켄슈타인은 그림 조각을 하나로 모아서 큰 사각형 형태가 되게 했다.

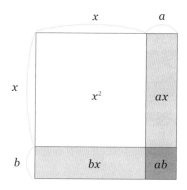

고난도	네 가지 원소가 모여서 만든 $x^2+(a+b)x+ab$란 사각형이죠. 보다시피 이 사각형은 한 변은 $(x+a)$, 다른 한 변은 $(x+b)$예요. 면적은 $(x+a)(x+b)$이고 이걸 전개하면 $x^2+(a+b)x+ab$예요. 그러니까 $x^2+(a+b)x+ab$를 원래 요소로 되돌리면 $(x+a)(x+b)$가 되네요.…음… 이 장면도 어디서 봤던 느낌이 나는데….
프랑켄슈타인	또다시 기시감이구나. 하하하!
황금비	고난도가 좀 예민하긴 해요.
프랑켄슈타인	기시감은 떨쳐 버려라. 그것은 뇌가 만들어 낸 착각일 뿐이니까.

프랑켄슈타인은 호탕하게 웃었다. 고난도는 머리를 두 손으로 감싸며 여러 번 두드렸다. 이상한 기분이 드는데 그 정체를 알 수가 없었다.

프랑켄슈타인	도형보다 식으로 정리하면 더 간단하고 빠르다.

$$x^2+(a+b)x+ab$$

$$(a+b)x$$

고난도   이건 조금 전에 설명해 주셨던 방법과 똑같잖아요.

프랑켄슈타인   그렇지. 이차항 x^2의 계수를 1로 생각하면 같지.

프랑켄슈타인 박사는 x^2, ax, bx, ab를 시험관에 넣었다. 시험관에서 푸른 불꽃이 맹렬하게 일어났는데 마치 공기 중에서 전기를 빨아들이는 듯했다. 불꽃이 일수록 전선이 뒤틀렸고, 전기장치는 요동을 쳤다. 처음에 강렬하던 불꽃은 차츰 약해졌고, 곧이어 전기 불꽃이 사라지면서 $(x+a)$와 $(x+b)$라고 쓰인 물질이 시험관 안에 남았다. 프랑켄슈타인 박사는 두 물질을 유리병에 넣고, 상자를 닫았다.

프랑켄슈타인   나는 창조를 하고 싶은데, 지금은 모든 걸 뒤로 되돌리고 있구나. 아름다운 축복을 갈망했지만 탐욕스러운 결과를 빚었던 그 밤으로 돌아갈 수 있는 걸까? 과연 그렇게 될까? 식을 인수분해하듯이[16] 원래대로 되돌린다면 그 모든 비극을 깨끗이 씻어 낼 수 있을까?

프랑켄슈타인 박사가 내뱉는 탄식을 들으며 고난도와 황금비는 뒷걸음질로 지하 계단을 올라왔다. 1층에서 흐릿한 불빛을 확인하고 현관을

---

16 인수분해.
    한 다항식을 둘 이상의 인수로 나누어 곱셈 형태로 나타내는 것. 인수분해는 곱셈의 전개와
    정반대 방향이다. 이 장면은 인수분해가 곱셈의 전개와 반대 방향임을 보이기 위해 시간이
    거꾸로 흐르는 것으로 묘사하였다.

열고 나갔다. 빨대로 빨려들어 가듯 바닥에 떨어졌던 물이 하늘로 역류
했다. 빗물을 머금은 먹구름은 점점 희미해졌고, 이내 화강암 길이 나오
며 맑은 하늘이 펼쳐졌다. 갈림길을 두 번 지나자 어깨동무를 한 트위들
덤과 트위들디가 뒤로 뛰어서 다가왔다.

마치 오래전에 만난 사이처럼 반갑게 인사를 하고 박사에 관해 물어
보려는데 모래바람이 불며 험프티덤프티가 나타났다. 트위들덤과 트위들
디는 끝에 둥근 원이 달린 지팡이를 꺼내 동시에 바닥에 찍었다. 지팡이
에서 에너지파가 둥글게 뻗어 나가며 험프티덤프티가 일으키는 모래폭풍
에 맞섰다.

황금비   원이 만들어 낸 면적이 에너지파의 세기야.
고난도   면적이 $x^2\pi$네.

대결은 팽팽했고 트위들덤과 트위들디는 전혀 밀리지 않았다. 서로 한
치도 밀리지 않는 균형 상태였기에 길고 지루했다. 그런데 트위들디가 갑
자기 지팡이로 작은 에너지파를 만들더니 트위들덤이 만들어 낸 에너지
파에 구멍을 내 버렸다. 트위들디가 새롭게 만든 에너지파는 $y^2\pi$였다.

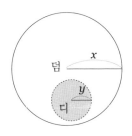

황금비   왜 저러지?

고난도   트위들디가 만든 $y^2\pi$인 에너지가 험프티덤프티에게 맞서는
         $x^2\pi$ 에너지를 갉아먹고 있어.

황금비   그 바람에 $x^2\pi$인 에너지파가 $(x^2-y^2)\pi$이 되어 버렸어.

고난도   잠깐… 이거 언제 봤던 거 아니야?

황금비   또다시 그 기시감이니?

고난도   아니야. 이건 확실히 경험했는데….

고난도는 다시 머리를 두 손으로 감싸고 손가락으로 마구 두드렸다.
자롱이가 그 소리에 이끌려 고개를 슬며시 내밀었다가 다시 가방으로 들
어갔다.

고난도   맞아. 분명해. (x^2-y^2)은 $(x+y)(x-y)$를 전개해서 나온 수
         식이야. 그러니까 조금 뒤에 저 쌍둥이는 양쪽으로 쪼개질
         거야.

고난도 말처럼 트위들덤과 트위들디는 양쪽으로 갈라지더니 트위들
덤은 $(x+y)$를 반지름으로 하는 원으로 에너지파를 만들고, 트위들디는
$(x-y)$를 반지름으로 하는 에너지파를 만들어서 험프티덤프티에 대항했
다. 그런데 이상하게도 힘은 커지지 않고 조금 전과 마찬가지인 상태가
지속되었다. 험프티덤프티는 쉼 없이 공격을 퍼부었고, 트위들덤과 트위

들디는 간신히 이에 맞섰다. 험프티덤프티가 승리하는 분위기였는데 갑자기 험프티덤프티가 모든 모래폭풍을 회수했다. 폭풍은 한 점으로 빨려 들더니 거대한 폭발을 일으켰다. 폭발이 만들어 낸 진동과 먼지가 모든 감각을 집어삼켰다.

바닥에 엎드렸던 고난도와 황금비는 주위를 분간할 만큼 먼지가 가라앉자 옷을 털고 일어났다. 트위들덤과 트위들디도 먼지를 털어 내고 다시 싸울 준비를 했다. 트위들덤 앞에는 에너지장이 네 개나 펼쳐져 있었다. 에너지장은 모두 사각형이었는데, 각각의 크기는 x^2, ax, ax, a^2이었다. 네 개의 에너지장은 서로를 북돋우며 트위들디를 압박했다.

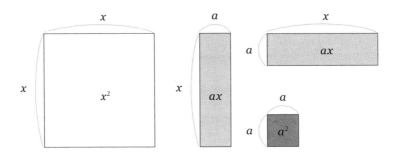

고난도   트위들덤이 만든 네 개의 에너지장은 $x^2+2ax+a^2$ 형태야. 네 개의 사각형을 하나로 합치면 한 변이 $(x+a)$인 정사각형이 돼. 그러니까 $x^2+2ax+a^2$은 $(x+a)^2$과 똑같아.

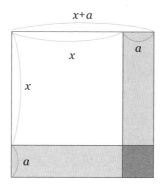

　　트위들디 앞에도 에너지장이 네 개이고, 형태가 모두 사각형인 점은 같았다. ax라고 적힌 에너지장인데 각각의 크기는 x^2, ax, ax, a^2이었다. 그런데 ax라고 적힌 에너지장에 '마이너스(−)' 기호가 어른거렸다. 즉 ax 에너지장 두 개가 트위들디 에너지장 전체가 지닌 힘을 깎아 먹고 있는 것이었다.

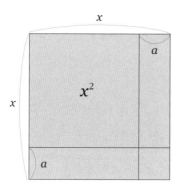 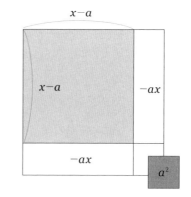

황금비   그러면 트위들디가 만든 에너지장은 $x^2-2ax+a^2$ 형태야. 저 네 개의 사각형을 하나로 합치면 한 변이 $(x-a)$인 정사각형이 되고. 그러니까 $x^2-2ax+a^2$은 $(x-a)^2$과 똑같네.[17]

트위들덤이 우위를 점했지만, 트위들디도 만만치 않게 버텼다. 공격은 하지 않고 버티기만 하니 완전히 밀리지는 않았다.

황금비   자… 잠깐만… 이 장면… 분명히 봤는데….
고난도   너도 그렇지. 단순한 기시감이 아니야.
황금비   어떻게 된 거지? 왜 이렇게 이상한 느낌이 드는 거지?

서로를 잡아먹을 듯이 싸우던 트위들덤과 트위들디가 갑자기 싸움을 멈추더니 어깨동무를 하고 다가왔다. 쌍둥이는 사이좋게 뛰어가더니 붉은 왕 앞에서 멈추었다. 붉은 왕은 천둥처럼 크게 드르릉거리며 잠들어 있었다.

---

17 인수분해 공식 정리.
- $x^2+2ax+a^2=(x+a)^2$
- $x^2-2ax+a^2=(x-a)^2$
- $x^2-y^2=(x+y)(x-y)$
- $x^2+(a+b)x+ab=(x+a)(x+b)$
- $acx^2+(ad+bc)x+bd=(ax+b)(cx+d)$

트위들덤   그럼 펑… 사라지겠지.

고난도   그러다 붉은 왕이 깨어나면 어쩌려고 그래요.

질문과 답변의 순서가 뒤바뀐 채 대화가 오갔다.

황금비   어, 이거 대화 순서가 왜 이래?

황금비는 이상한 상황을 어떻게든 이해하려고 애썼지만, 도저히 이해가 안 됐다. 머리가 어지럽고 지독한 두통이 밀려왔다. 이해하려고 노력하면 할수록 고통스러웠다.

트위들디   붉은 왕이 깨어나면 … 펑… 펑… 이 모든 현실은 사라지지.
그래서 이곳에서는 아무도 붉은 왕을 깨우지 않아.

고난도   말도 안 돼요. 붉은 왕은 저기 있고, 우린 여기 있는데….

트위들덤   틀렸어. 붉은 왕은 지금 너희가 나오는 꿈을 꾸고 있어.

고난도   다른 사람 꿈이 뭔지는 아무도 모르죠.

트위들디   붉은 왕은 지금 꿈을 꿔. 혹시 무슨 꿈인지 알겠어?

시간은 빠르게 흘러서 고난도와 황금비는 쌍둥이와 인사를 하고 먼지가 푹석한 길을 따라 계속 물러났다. 아팠던 머리가 조금씩 맑아졌다. 갈림길이 아닌데도 표지판이 두 개가 서 있었다. 하나에는 '트위들덤 집',

다른 하나에는 '트위들디 집'이라고 적혔는데, 가리키는 방향은 같았다. 먼지는 잦아들고 새로운 갈림길이 나오자 머리를 쥐어짜던 통증이 사라지고 모든 판단력이 되살아났다.

황금비	시간이….
고난도	거꾸로….
황금비/고난도	흘렀어!

자롱이가 가방을 열고 고개를 내밀고, 사슴과 벌레들은 다시 시끄럽게 떠들었으며, 새들은 나무에서 내려와 즐거운 날갯짓을 했다.

05. 유니콘과 이차방정식

: 이차방정식 :

숲이 끝나가는 곳에서 요란하게 깨지는 소음이 들리며 병사들이 나타났다. 떼지어 나타난 병사들이 숲과 들판을 가득 메웠다. 딱 한 곳만 빼고 빠져나갈 틈이 없게 빽빽이 들어찼다. 다행히 병사들은 적대감을 드러내지 않았다. 고난도와 황금비는 병사들이 만들어 놓은 길로 조심스럽게 걸었다.

하얀 왕   오랜만에 찾아온 관객이구나.

무리를 지어 선 병사들 사이로 하얀 옷을 입은 왕이 나타났다. 하얀 왕은 인상이 부드러웠다. 고난도와 황금비는 예의를 갖춰 인사했다.

하얀 왕   내기를 해야 하는데 상대가 없어서 심심하던 차였다. 나와 내기를 하겠느냐?

황금비   무슨 내기인지 여쭤봐도 되겠습니까?

하얀 왕   지금 이 흔들림이 느껴지지 않느냐?

그러고 보니 강한 진동이 발밑으로 계속 전해졌다. 간혹가다 와장창 깨지는 소리도 들렸다.

황금비   누가 싸우고 있습니까?

하얀 왕   유니콘과 사자다.

황금비   그들은 왜 싸우는 거죠?

하얀 왕   이 왕관을 차지하기 위해서지.

황금비   그래도 되는 건가요?

하얀 왕   그들은 절대 서로를 이기지 못해. 그러니 괜찮아. 그리고 이 많은 병사가 있는데 그 녀석 중 하나가 이겼다고 해서 감히 왕관을 차지하지는 못하지.

황금비   그럼 저희가 무슨 내기를 해야 하는 거죠?

하얀 왕   사자와 유니콘은 얼마 지나지 않으면 지쳐 쓰러질 거야. 둘은 막상막하라 절대 몸으로 싸워서는 결판이 안 나. 그래서 이번에 새로운 방식으로 대결을 하려고 하는데, 구경만 하기에는 재미가 없단 말이지. 그래서 나도 참여하려고.

황금비   저희가 누구 편을 들어야 하는 거죠?

하얀 왕   누구 편을 들든 상관없다. 마음대로 선택해라.

황금비   이기면 어떻게 되고, 지면 어떻게 되죠?

하얀 왕   이기면 가던 길을 가고, 지면 너희도 내 병사가 되어야 한다. 여기 이 많은 병사가 다 어디서 생겼다고 생각하느냐?

하얀 왕은 하얀 이를 드러내며 상냥하게 웃었다. 상냥함 속에 감춘 잔인함이 진한 두려움을 자아냈다.

하얀 왕   싸움이 끝나려면 조금 기다려야 하니 내가 계획한 대결 방식을 알려 주마.

하얀 왕은 카드, 네 뭉치를 꺼냈다. 두 뭉치는 보라색이고, 두 뭉치는 초록색이었다.

하얀 왕   보라색은 공격 카드고, 초록색은 수비 카드다. 여기에 공격과 수비 카드가 일정 분량이 있다. 상대가 공격할 때는 적절하게 수비 카드를 써야 하는데, 방어를 제대로 못 하면 타격을 입는다. 그러니 상대방의 공격 개수를 정확히 예측해서 그에 맞는 수비 카드를 준비해야 한다. 혹시 수비 카드가 남으면 그 카드는 다음번에 사라진다. 초반에 수비 카드를 과도하게 많이 쓰면 나중에 막을 수비 카드가 없어서 고스란히 공격에 당하게 된다.

황금비　상대가 얼마나 많은 카드로 공격할지 어떻게 예측하죠?

하얀 왕　좋은 질문이다. 그래서 상대가 공격 카드를 준비하면 그 개수가 몇 개인지 알려 주는 실마리가 제공된다. 실마리를 토대로 삼아 빠르게 공격 카드 개수를 알아내는 게 이 대결의 핵심이다.

하얀 왕과 대화가 이어지는 동안 유니콘과 사자가 벌이는 싸움은 점점 소강상태로 접어들더니 '쿵' 소리와 함께 끝났다. 사자와 유니콘은 몸에 묻은 먼지를 털며 터덜터덜 왕 앞으로 걸어왔다. 왕은 수고했다고 격려하며 의자에 앉도록 했다. 사자와 유니콘은 거친 숨을 몰아쉬었다. 왕은 잠시 여유를 주더니 대결 방식을 설명했다. 사자와 유니콘은 몸싸움이 아니라 두뇌 대결을 한다는 말에 불만이 많았지만, 왕이 하라고 하니 어쩔 수 없이 받아들여야만 했다. 황금비와 고난도는 사자와 유니콘 중에서 어느 편에 설지 고민했다. 말과 행동을 자세히 관찰하며 더 나은 쪽을 고르려고 애썼다.

하얀 왕	어느 편에 설지 골랐느냐?
황금비	저희는… 유니콘 편에 서겠습니다.
유니콘	아니, 왜 제가 저 녀석들과 같은 편을 해야 하는 거죠? 사자 한테 특권을 주다니 너무하십니다.
사자	하하하! 억울하면 하얀 왕께 대들어 보든가.
하얀 왕	내가 아니라 저들이 한 선택이다. 불만이 있으면 대결을 거부해도 된다. 물론 거부하면 어찌 되는지는 잘 알겠지?

유니콘은 투덜거리면서 왕이 내미는 보라색과 초록색 카드 뭉치를 받아들였다.

유니콘	너희들은 도대체 뭐 하는 놈들이냐?
고난도	저희는 그저 친구를 찾으러 왔을 뿐이에요.
유니콘	친구를 찾으러 왔으면 친구나 찾을 것이지 여기는 왜 왔느냐?
황금비	오려고 온 게 아니에요. 왕에게 붙잡힌 거지.
유니콘	분명히 갈림길이 있었을 텐데?
황금비	그쪽으로 갔다가 길이 막혀서 이쪽으로 올 수밖에 없었어요.
유니콘	지금 내가 너희들을 원망해 봐야 아무런 도움이 안 되긴 하겠지만, 힘과 싸움이 아니라 이런 멍청한 카드놀이로 저 사자 녀석에게 패배해야 한다니….

고난도   왜 진다고 생각하죠? 저희도 이 카드 대결에서 지면 친구를
구할 수 없어서 절대 지면 안 돼요. 그러니 걱정하지 마세요.
어떤 실마리가 주어질지 모르지만, 저희 실력이 만만치는 않
을 거예요.

유니콘   흥! 너희가 하얀 왕을 몰라서 그래. 하얀 왕은 절대 자신이
불리한 대결은 하지 않아.

종소리가 울리고 거대한 탁자가 바닥에 놓였다. 하얀 천이 마치 탁구
네트처럼 탁자를 절반으로 나누었다. 사자와 유니콘 앞에는 삼각기둥을
옆으로 눕혀 놓은 도자기 두 개가 각각 나란히 놓였는데, 하나는 보라색
이고 다른 하나는 초록색이었다. 보라색 도자기에는 공격 카드를, 초록
색 도자기에는 수비 카드를 놓아야 했다. 하얀 천 너머에서 하얀 왕은 거
만하고 비릿한 웃음을 흘렸고, 사자는 이미 승리한 듯이 의기양양했다.

사자   우리가 먼저 공격하지.

사자는 공격 카드를 뽑아서 보라색 도자기에 올려놓았다. 몇 개나 올
렸는지 손 모양만 봐서는 전혀 알 수가 없었다. 수비 카드를 얼마나 사용
해야 할지 어림조차 할 수 없었다. 그때 탁자를 가로지르는 하얀 천에 붉
은색 글씨가 나타났다.

"두 자연수의 차이는 5. 두 자연수의 곱은 50. 공격은 큰 수로 한다."

유니콘   저게 뭐야? 저걸로 어떻게 공격 카드 개수를 알아? 말도
         안 돼.

유니콘은 탁자를 쾅 내리치며 탄식했다. 이미 패배라도 한 듯이 억울
해했다. 고난도는 글을 읽더니 피식 웃었다. 트위들디와 트위들덤, 프랑켄
슈타인 박사를 만나면서 접했던 곱셈공식과 인수분해 원리를 적용하면
된다는 점을 깨달았기 때문이다. 고난도는 황금비에게 눈짓을 보냈다.
황금비가 고개를 끄덕였다.

고난도   수비 카드를 열 개 올려놓으면 됩니다.
유니콘   뭐라고? 네가 그걸 어떻게 알아?
고난도   어차피 유니콘 님은 사자가 몇 개의 카드로 공격해 올지 전
         혀 모르잖아요?
유니콘   그러니까 너는 어떻게 아냐고?
고난도   지금 방어를 안 하면 속수무책으로 당하는데 그걸 따질 때
         에요? 사자에게 지고 싶으면 그냥 포기하세요.

자존심을 건드리자 유니콘은 발끈했다. 공격이 임박했기 때문에 유니
콘은 하는 수 없이 고난도가 알려 준 대로 수비 카드 열 장을 초록색 도

자기에 올려놓았다. 사자 앞에 놓인 보라색 도자기에서 날카로운 화살촉이 떠올랐고, 유니콘 앞에 놓인 초록색 도자기에서는 둥근 방패가 형성되었다. 삐, 삐, 삐 소리와 함께 화살촉이 하나씩 유니콘을 향해 날아왔다. 방패도 하나씩 앞으로 튕겨 나가며 화살촉에 맞섰다. 화살촉과 방패는 하얀 천 위에서 부딪치며 서로 소멸하였다. 화살촉은 잇달아 날아왔는데 그때마다 방패도 튀어 나갔다. 방패가 다 소진되었을 때 화살촉도 더는 날아오지 않았다. 고난도가 공격 카드 개수를 정확히 예측한 것이다.

유니콘 오호, 정확했네? 어떻게 알았지?

고난도 두 자연수의 차이는 5. 두 자연수의 곱은 50. 공격은 큰 수로 한다고 했으니 구하려는 수를 일단 x로 놓아야 합니다. 그러면 큰 수는 x, 작은 수는 $(x-5)$가 됩니다. 두 수를 곱하면 50이라고 했으므로 $x(x-5)=50$이라는 식이 세워집니다. 이걸 좌변으로 정리하면 $x^2-5x-50=0$이라는 이차방정식이 생깁니다.

유니콘 이차방정식이 뭐지?

고난도 방정식의 항을 모두 좌변으로 모았을 때 x에 대한 이차식이 되는 것을 이차방정식이라고 합니다. 형태는 $ax^2+bx+c=0$(a, b, c는 상수, $a \neq 0$) 꼴이 됩니다. 이차방정식이 참이 되게 하는 걸 '방정식의 해'라고 하고, 해를 구하는 것을 이차방정식을 푼다고 합니다.

유니콘   그러면 $x^2-5x-50=0$에서 어떻게 10이 나왔지?

고난도   그건 조금 전에 프랑켄슈타인 박사를 만나서 아주 쉬운 방
법을 익혔습니다.

유니콘   나한테 그 방법을 설명해 줄 수 있나?

고난도   종이와 필기구를 주시면 제가 보여 드리겠습니다.

유니콘은 종이와 필기구를 꺼내서 고난도에게 주었다. 고난도는 이차
방정식 아래에 간단하게 해를 찾는 과정을 적었다.

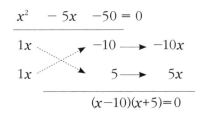

유니콘   여기서 어떻게 해가 나오지?

고난도   두 수를 곱했는데 0이 나오려면 둘 중 하나는 0이어야 합니
다. 그러니 $(x-10)$, $(x+5)$ 가운데 최소한 하나는 0이 되어
야 합니다. $(x-10)$이 0이 되는 x는 10, $(x+5)$가 0이 되는 x
는 -5입니다. 이 이차방정식의 해는 10과 -5입니다. 그런
데 문제에서 해는 자연수라고 했으므로 10이 답입니다. 그

래서 제가 수비 카드 10장을 쓰라고 했던 것입니다.[18]

유니콘   오호, 아주 탁월한 실력자구나. 좋았어. 실력이 이 정도면 내
           가 해 볼 만하겠군.

유니콘은 신이 났고, 사자는 심각한 얼굴이 되었다. 하얀 왕은 표정에 아무런 변화가 없었다. 유니콘은 깊이 고민하더니 공격 카드 5장을 올려놓았다. 이쪽에 앉은 사람은 반대편 천에 어떤 실마리가 주어졌는지 전혀 알 수가 없었다. 흰 천에 쓰인 글귀를 본 하얀 왕은 조금 고민을 하더니 사자에게 귓속말로 숫자를 알려 주었다. 사자는 하얀 왕이 시키는 대로 카드를 올려놓았다. 유니콘이 놓은 공격 카드가 보라색을 뿜어내며 화살촉을 날렸지만, 모든 화살촉은 방패에 막혀 사라졌다. 사자가 수비 카드를 다섯 장만 썼는지는 확인할 수 없었다. 다시 사자가 공격 카드를 놓았고, 이번에도 하얀 천에 실마리가 떴다.

"연속하는 두 자연수가 있다.

두 수의 곱은 두 수를 각각 제곱한 뒤에 더한 값보다 21이 작다.

공격은 작은 자연수로 한다."

유니콘   무슨 말인지 이해하기도 힘드네.

황금비   계산이 복잡해.

고난도   알아. 종이에 쓰면서 해야겠어.

고난도는 종이에 재빨리 수식을 썼다.

고난도   작은 수를 x로 놓으면 연속하는 두 자연수는 x와 $x+1$. 두 수의 곱은 $x(x+1)$, 두 수를 각각 제곱해서 더한 것을 식으로 나타내면 $x^2+(x+1)^2$, 두 수의 곱이 이것보다 21이 작다고 했으니까 두 수의 곱에 21을 더하면 $x^2+(x+1)^2$과 같구나. 그래서 식을 쓰면….

$$x(x+1)+21=x^2+(x+1)^2$$
$$x^2+x+21=x^2+x^2+2x+1$$
$$x^2+x-20=0$$

$$x^2 \quad + x \quad - 20 = 0$$

$$1x \quad\nearrow\quad 5 \longrightarrow 5x$$
$$1x \quad\searrow\quad -4 \longrightarrow -4x$$

$$1x$$

$(x+5)(x-4)=0$

$x=-5, x=4$

고난도 공격은 작은 자연수로 한다고 하였으므로 4. 수비 카드 4장
을 놓으세요.

유니콘은 다급하게 수비 카드 네 장을 초록색 도자기에 올려놓았고,
이번에도 수비 카드를 낭비하지 않고 화살촉 공격을 완벽하게 막아 냈
다. 이어서 유니콘이 공격했지만, 결과는 같았다. 세 번째 방어에서 실마
리로 주어진 글은 더욱 길어졌다.

"두 정사각형이 있다.
두 정사각형의 면적을 합하면 80㎠,
큰 정사각형 한 변의 길이는 작은 정사각형의 한 변보다 $4cm$가 더 길다.
공격은 작은 정사각형의 변의 길이다."

고난도 작은 정사각형 한 변의 길이를 x. 큰 정사각형 한 변의 길이
는 $(x+4)$, 정사각형의 면적은 각각 x^2, $(x+4)^2$. 이 둘의 합계
가 80이라고 했으므로 식을 세우면 $x^2+(x+4)^2=80$이야.

$$x^2+(x+4)^2=80$$

$$x^2+x^2+8x+16=80$$

$$2x^2+8x+16=80$$

$$x^2+4x+8=40$$

고난도 어, 잠깐만… 이건 좌변을 완전제곱식 형태로 바꿔서 해를 구해도 되겠네.[19]

$$x^2+4x+4=40-4$$

$$(x+2)^2=36$$

$$(x+2)^2=6^2$$

$$x+2=\pm6$$

$$x=4,\ -8$$

유니콘 수비 카드 4장이구나.

---

19 이차방정식의 해를 구하는 방법②
 : 완전제곱식을 이용해 구한다.
 $x^2+bx+c=0$
 $x^2+bx+(\dfrac{b}{2})^2=-c+(\dfrac{b}{2})^2$
 $(x+\dfrac{b}{2})^2=-c+(\dfrac{b}{2})^2$

유니콘은 고난도가 몇 장으로 놓으라고 말하기도 전에 수비 카드를 놓았다. 당연히 완벽하게 방어에 성공했다. 또다시 유니콘이 공격했지만, 이번에도 먹히지 않았다. 그런데 사자가 수비 카드를 놓는 속도가 지나치게 빨랐다. 하얀 천에 쓰인 실마리가 무엇인지 확인하고 싶었지만 하얀 왕이 근엄하게 노려보는 탓에 확인할 엄두를 내지 못했다.

"정사각형이 있다.

한 변은 $4cm$를 늘이고,

다른 한 변은 $2cm$를 늘여서 직사각형으로 만들었다.

직사각형의 면적을 측정했더니

원래 정사각형 면적의 두 배보다 17㎠가 넓었다.

원래 정사각형 한 변의 길이로 공격한다."

고난도   정사각형 한 변을 x, 직사각형 한 변은 $(x+4)$, 다른 한 변은 $(x+2)$, 정사각형 면적의 두 배에 17㎠을 더하면 직사각형 면적과 똑같으므로 식은 $(x+4)(x+2)=2x^2+17$이네.

$$(x+4)(x+2)=2x^2+17$$

$$x^2+6x+8=2x^2+17$$

$$0=x^2-6x+9$$

$$0=(x-3)^2$$

고난도 이건 근이 하나밖에 없는 중근이구나.[20] 그렇다면 $x=3$이니까, 수비 카드 3장을 놓으세요.

수비는 완벽했고 공격은 별 소득 없이 끝났다. 다섯 번째 공격이 이어졌다. 비슷한 방식이라 조금 지루함을 느끼던 고난도는 흰 천에 나타난 실마리를 보고 기겁을 했다.

"바둑돌을 차근차근 순서대로 내려놓는다.

1번에 1개, 2번에 3개, 3번에 6개, 4번에 10개, 5번에 15개를 놓는다.

325개가 되는 때는 몇 번째인가?"

규칙은 금방 파악했다. 1, 3, 6, 10, 15… 로 한 단계 나아갈 때마다 2, 3, 4, 5… 개씩 바둑돌이 더 늘어났다. 그런데 문제는 그런 식으로 하나

---

20 이차방정식의 해 구하는 법③

: 완전제곱식에서 해가 중근인 경우

이차방정식의 해가 하나인 것을 중근이라 한다.

중근이 되려면

$x^2+bx+c=0$에서 $(\frac{b}{2})^2=c$이면 된다.

그 이유는 아래와 같다.

$$x^2 \quad + \quad bx \quad + \quad (\frac{b}{2})^2 = 0$$

$$1x \quad\cdots\quad \frac{b}{2} \longrightarrow \frac{b}{2}x$$
$$1x \quad\cdots\quad \frac{b}{2} \longrightarrow \frac{b}{2}x$$
$$bx$$

씩 숫자를 세서 325개가 언제 되는지 알려면 시간이 꽤 걸린다는 점이었다. 빠르게 식을 세워서 해답을 구해야 하는데 언뜻 식이 떠오르지 않았다. 시간은 흐르고 공격 시간은 다가오는데 해결책이 안 떠오르니 속이 뒤집힐 듯했다. 그때 황금비가 다급히 외쳤다.

황금비 $\dfrac{n(n+1)}{2} = 325$로 해 봐.

그 식이 맞는지는 따질 겨를이 없었다. 고난도는 재빨리 식을 전개했다.

$$n^2 + n = 650$$
$$n^2 + n - 650 = 0$$
$$(n+26)(n-25) = 0$$
$$n = -26, 25$$

고난도 n은 자연수니까, 25장을 올려놓으세요.

유니콘은 다급하게 수비 카드를 초록색 도자기에 올려놓았다. 워낙 시간이 없어서 정신없이 카드를 놓았다. 마지막 카드를 놓자마자 화살표 공격이 매섭게 이어졌다. 엄청난 공격이 끊임없이 이어졌는데 25번째 화살촉이 날아온 뒤에 더는 공격이 이어지지 않았다.

유니콘은 안도하며 과감하게 공격 카드를 놓았다. 그때 황금비가 물건을 떨어뜨린 척하고는 슬쩍 옆으로 몸을 숙였다가 재빨리 반대편 탁자가 있는 곳으로 넘어갔다. 워낙 민첩한 몸놀림이기도 했지만, 상대방은 하얀 천에 뜬 글귀에 집중하느라 황금비가 넘어온 걸 알아채지 못했다. 하얀 천에 적힌 글귀를 보고 황금비가 소리를 질렀다.

황금비　　이런 게 어딨어요? 이건 그냥 일차방정식이잖아요. 이렇게 쉽게 답을 찾도록 해 주면 말이 안 되죠. 이런 대결은 불공평해요.

유니콘　　정말이야?

유니콘은 하얀 천에 실마리가 사라지기 전에 반대편으로 넘어와서 확인했다. 황금비 말대로 일차방정식임을 확인한 유니콘은 노발대발했다. 길길이 날뛰면서 하얀 왕에게 달려들 기세였다. 하얀 왕이 손짓하자 병사들이 일제히 유니콘에게 창을 겨눴다. 병사들 숫자가 워낙 많았기에 용맹한 유니콘도 더는 어쩔 수가 없었다.

하얀 왕　　아주 훌륭한 승부였어. 뭐 대결은 비긴 걸로 하고 이대로 끝내지.

고난도　　비겁해요.

하얀 왕　　나는 공정한 대결이었다고 생각하지만 그렇게 억울해하니 원하는 소원을 하나 들어주마. 물론 내가 들어줄 만한 소원이어야 해. 내 자리를 탐내거나, 내가 들어줄 수 없는 엉뚱한 소원을 말하면 모든 권리를 빼앗고 내 병사로 만들어 버릴 테니 그리 알아.

고난도와 황금비는 머리를 맞대고 의논했다.

고난도	친구들이 있는 데를 알려 달라고 할까? 아니면 바로 구해 달라고 할까?
황금비	자신이 들어줄 수 없는 소원을 말하면 자기 병사로 만든다잖아.
고난도	친구들이 있는 데를 모를 수도 있겠구나. 그럼 어떡하지?
황금비	박사가 있는 데를 물어보자.
고난도	좋아. 그 정도는 하얀 왕이 알겠지.

둘은 의논을 끝내고 하얀 왕 앞으로 나아갔다.

하얀 왕	소원을 정했느냐?
고난도	네. 정했습니다.
하얀 왕	그래, 소원이 무엇이냐?
황금비	지킴 박사를 만나려면 어디로 가야 하는지 알려 주십시오.

하얀 왕은 지킬 박사를 찾아가는 길을 자세히 알려 주었다. 황금비와 고난도는 감사를 전하고 떠나는데 하얀 왕은 음흉한 웃음을 흘리더니, 뒤에 서 있던 병사들을 향해 손짓했다. 그러자 병사들이 둘로 갈라졌고, 그 사이에서 붉은 투구를 쓴 기사들이 나타났다.

수학탐정단과 이차방정식의 개념

06. 붉은 기사단과 방정식 만능열쇠
: 이차방정식 근의 공식 :

　하얀 왕은 시끄러운 북소리를 울리며 멀어졌다. 들판을 벗어나자 깔끔하게 정리된 도로가 나왔고, 귀 끝이 잘린 당나귀가 끄는 마차가 아이들이 떠드는 소리와 함께 그 모습을 드러냈다. 마부는 땅딸막한 키에 얼굴부터 손끝까지 오동통했다. 웃음은 상냥해 보이지만 묘한 이질감에 선뜻 친근하게 다가가기 어렵게 했다. 마차 안에는 어린이들이 가득했다. 아이들은 어물전에 쌓아놓은 생선처럼 차곡차곡 포개져서 숨을 쉬기도 어려워 보였지만 다들 재잘거리며 즐거워했다. 네 발에 하얀 장화를 신은 당나귀는 머리를 바닥에 닿을 듯이 숙인 채 힘없이 걸었다. 가끔 마부가 재

찍을 내리치면 화들짝 놀라서 머리를 들었다가도 이내 다시 떨구었다. 마차는 고난도와 황금비 옆에서 멈췄다.

마부	너희도 마차에 탈래?
고난도	마차가 꽉 찼는데요.
마부	너희들이 타겠다고 하면 마부석이라도 양보하마.
고난도	그럼 당신은 어떻게 갈 건데요?
마부	나는 걸어가도 된단다.
황금비	사양할게요. 가던 길이나 마저 가세요.
마부	신나는 장난감 나라가 기다리는데 안 가겠다는 말이냐? 선생님도, 학교도, 학원도, 숙제도 없이 네 마음대로 마음껏 자유를 누리는 장난감 나라를 거부한단 말이냐?
고난도	전 이미 자유로워요.
마부	맨날 숙제에 공부에 잔소리에 치여 살면서 자유롭다고?
고난도	내 마음대로 아무거나 닥치는 대로 하면서 사는 게 자유는 아니죠.
황금비	말대꾸 그만해. 우린 빨리 지킬 박사한테 가야 해.
마부	괴상한 박사라면 내가 잘 알지. 마차를 타라. 그럼 안내해 주마.
황금비	갈 길이나 가세요. 지킬 박사가 어디에 있는지 아니까.

마부   안다고 쉽게 가지는 못할 텐데.[21]

고난도와 황금비는 마부를 무시하고 그곳을 벗어났다. 계속 따라오며 말을 걸던 마부는 더는 대응하지 않자 괜히 당나귀에게 짜증을 내더니 마차를 거칠게 몰았다. 아이들이 재잘거리는 소리가 멀어지고 갈림길에서 오른쪽으로 돌아가니 돌로 만든 아치형 다리가 나왔다. 다리를 건너서 마을을 지나 언덕을 오르면 그곳에 지킬 박사가 사는 집이 있다고 했다.

다리에 막 들어서려는데 맞은편에서 하얀 말에 하얀 갑옷을 입은 기사가 긴 창을 들고 달려들었다. 갑작스러운 공격에 놀라서 다리 난간을 붙잡고 피했다. 하얀 기사는 바람처럼 지나쳐가더니 말머리를 돌려 다시 돌진하려고 했다. 긴 창이 고난도를 노렸다. 고난도는 여의봉을 꺼내서 있는 힘껏 늘렸다. 여의봉은 하얀 기사가 든 창보다 길어졌다. 하얀 기사가 피할 틈도 없이 여의봉이 하얀 기사를 때렸다. 말은 앞으로 뛰어가고 하얀 기사는 창을 놓친 채 바닥에 떨어졌다. 황금비는 바닥에 떨어진 창을 멀리 던져 버렸다. 하얀 기사는 투구를 벗어서 바닥에 내려놓더니 칼을 빼 들었다.

황금비   도대체 왜 저희를 공격하죠?
하얀 기사   나는 이 마을을 지키는 기사다. 내 허락 없이는 아무도 이 다리를 건널 수 없다.

---

21 『피노키오』(카를로 콜로디)에 나온 상면을 각색했다.

황금비	우리는 지킬 박사를 만나러 왔어요.
하얀 기사	내 허락 없이는 안 된다.
황금비	그러니까 지금 허락을 요청하잖아요. 지킬 박사를 만나러 왔다고.
하얀 기사	내 허락 없이는 안 된다.
고난도	저 대사밖에 못 하게 프로그래밍 되었나 봐.
황금비	어처구니가 없네. (하얀 기사를 향해) 그래서, 어떻게 하면 되는데요?
하얀 기사	나를 넘어서야 한다.
황금비	싸우자는 말인가요? 당신은 검이 있고 우리는 무기가 없는데.
하얀 기사	방금 이상한 무기를 사용하지 않았느냐?
고난도	그건 당신이 막무가내로 공격했으니까 그렇죠.
하얀 기사	나는 이 마을을 지키는 기사다. 내 허락 없이는 아무도 이 다리를 건널 수 없다.

고난도는 헛웃음을 짓더니 황금비에게 눈짓을 했다.

고난도	고장 난 레코드판 같아.
황금비	싸워야 한다면 그렇게 해 줘야지.
고난도	무기도 없는데 괜찮겠어?
황금비	저런 허접한 캐릭터한테는 무기가 필요 없어.

황금비는 하얀 기사에게 성큼성큼 다가갔다.

황금비   싸우고 싶다면 제가 상대해 줄게요.

하얀 기사   내 허락 없이는 안 된다.

황금비   알았으니까 공격해요. 안 그러면 제가 먼저 공격할게요.

하얀 기사는 코웃음을 치더니 칼을 다시 움켜쥐었다. 하얀 기사는 긴 검을 위에서 아래로 내리쳤다. 황금비는 몇 걸음 뒤로 물러나며 검을 가볍게 피했다. 하얀 기사는 바짝 다가들며 검을 왼쪽에서 오른쪽으로 수평으로 휘둘렀다. 이번에도 황금비는 뒤로 물러나며 검을 피했다. 검은 빠르지 않았지만, 그 길이 때문에 접근하기 쉽지 않았다. 하얀 기사는 쉴 새 없이 검을 휘둘렀지만, 황금비는 여유를 잃지 않고 가벼운 몸놀림으로 공격을 피했다.

황금비   다른 공격은 없나요?

하얀 기사   감히 나를 얕잡아 보다니….

황금비   이 정도 실력으로 마을을 지키다니 안타까워서 그래요.

하얀 기사   따끔하게 혼을 내 주겠다.

하얀 기사는 더 빠르게 칼을 휘둘렀지만 황금비는 여유롭게 피했다.

황금비   더 놀아 주고 싶지만, 친구들을 찾는 일이 급해서 그만할게요.

하얀 기사는 화를 내며 뭐라고 대꾸하려 했지만 그럴 틈이 없었다. 황금비가 검을 피하더니 믿기 어려운 속도로 파고들었기 때문이다. 한 손으로는 검을 잡은 손목을 치고, 다른 한 손으로는 목덜미를 가격했다. 하얀 기사는 '헉' 신음을 흘리며 휘청거렸다. 황금비는 검을 쥔 손목을 양손으로 잡고 하얀 기사의 손목을 비틀어서 검을 빼앗아 버렸다. 검을 쥔 황금비는 손목만 써서 가볍게 검을 돌리더니, 검으로 하얀 기사를 겨눴다.

황금비   이제 지나가도 되죠?
하얀 기사   내 허락 없이는 이 다리를 건널 수 없다.
황금비   알았어요. 막아 보세요.

황금비는 검을 쥔 채로 다리에 올라섰다. 그러나 몇 걸음 가지도 못하고 투명한 막에 막혀 더는 나가지 못했다.

고난도   왜 그래?
황금비   방어막이야. 지나갈 수 없어.
하얀 기사   내가 말했다. 내 허락 없이는 다리를 건널 수 없다고.

황금비는 칼을 하얀 기사에게 겨누고 협박조로 말했다.

황금비	방어막을 거둬요.
하얀 기사	그런 협박은 나에게 안 먹힌다.
황금비	칼은 제가 들고 있어요.
하얀 기사	내가 죽으면 영원히 방문을 허락받지 못할 것이다.

황금비는 한숨을 내쉬더니 칼끝을 아래로 떨어뜨렸다.

황금비	어떻게 해야 허락해 줄 거죠?
하얀 기사	나를 이겨라.
황금비	싸워서 제가 이겼어요.
하얀 기사	그건 인정한다. 한 번 더 대결해서 이기면 허락하겠다.
황금비	또 싸우자는 건가요?
하얀 기사	그건 아니다. 아무래도 싸움으로는 내가 네 상대가 못 되니 다른 방법으로 대결하겠다.
황금비	뭐든 좋으니 서둘러요.
하얀 기사	잠시 기다려라.

하얀 기사는 아무렇지 않게 방어막을 통과해서 다리를 건넜다. 하얀 기사가 다리 끝에 이르자 느닷없이 마차가 나타났다. 길에서 만났던 그 마부가 모는 마차였다. 하얀 기사가 마부에게 뭐라고 얘기하자 마부는 마차 지붕 위에 올려놓은 가방을 끌어 내렸다. 가방을 열어서 뒤적이더니

장난감 몇 개를 하얀 기사에게 건넸다. 마부가 사라지고 하얀 기사는 장난감을 들고 다리를 건너왔다.

고난도　　　그 장난감으로 뭘 하려는 거죠?

하얀 기사　　내가 낸 과제를 정확히 해내면 이 다리를 건너도 좋다.

황금비　　　조금 전에는 대결이라면서요?

하얀 기사　　마부가 이게 더 낫다고 제안해서 생각을 바꿨다.

고난도　　　그 장난감들로 뭘 하면 되죠?

하얀 기사　　이걸 받아라.

하얀 기사는 손바닥 크기만 한 수첩을 건넸다. 수첩은 책장이 네 장밖에 없었다. 책장 두께는 종이 열 장을 한 데 붙여 놓은 만큼 두툼했다.

고난도　　　이게 뭐죠.

하얀 기사　　첫 장은 거리 측정계, 둘째 장은 속도 측정계, 셋째 장은 시간 측정계, 넷째 장은 계산기다.

고난도　　　그러니까 이 수첩으로 거리, 속도, 시간을 측정하고 계산할 수 있다는 말이네요. 꽤 쓸모 있는 아이템이네요. 이걸로 뭘 하면 되죠?

하얀 기사　　너희들이 보는 저 강물은 직선처럼 반듯하다. 내가 이 표식을 상류에 설치하겠다. 이 장난감 배가 다리 밑 출발지점에서 이 표식이 있는 데까지 갔다가 돌아오게 하면 된다. 단 내가 정하는 시간에 맞춰 정확히 도착해야 한다. 오차는 ±0.5초까지 인정해 주겠다.

황금비   장난감 배를 조종하라는 말인가요?

하얀 기사   아니다. 배는 자동으로 올라갔다가 되돌아온다. 초기 속도를 정확히 맞춰서 내가 말하는 시간에 도착하게 만들면 된다.

고난도   문제가 있어요. 초기 속도를 정하더라도 출발해서 가속하는 시간을 계산해야 하고, 마지막 목표지점에 갔다고 되돌아오려면 방향을 180° 전환해야 해요. 이 둘을 전부 고려해서 계산하라는 건가요? 그건 지나치게 어려워요.

하얀 기사   그건 걱정하지 마라. 이 고무줄은 배에 설정된 초기 속도를 그대로 돌려주는 기능이 있다. 출발할 때도, 방향 전환을 할 때도 마찬가지다. 유속이 빠르든 느리든 상관없다.

고난도   믿을 수가 없네요. 그 고무줄 좀 확인해 볼 수 있어요?

하얀 기사   얼마든지 구경해라.

고난도는 고무줄을 받아서 꼼꼼하게 살피더니 다시 하얀 기사에게 건네주었다.

하얀 기사   대결을 하겠느냐?

황금비   우리가 이기면 방어막을 제거하는 거죠?

하얀 기사   나는 약속을 반드시 지킨다.

황금비   좋아요. 대결하죠.

하얀 기사는 배 두 척에 고무줄을 연결하더니 상류로 올려 보냈다. 배는 직선을 따라 멀리 이동했다. 한 지점에서 멈추더니 좌우로 갈라진 뒤에 강가에 단단히 고정되었다. 하얀 기사는 다른 고무줄 하나를 다리 밑에 설치했다.

하얀 기사   출발해서 도착할 때까지 걸리는 시간은… 1분 40초여야 한다. 속도를 계산하는 시간은 3분을 주겠다. 3분 이내에 배를 출발시켜라.

하얀 기사가 타이머를 눌렀다. 고난도는 하얀 기사가 준 아이템을 열었다.

황금비   목표지점까지 거리가 얼마지?

고난도   목표지점까지는 $400m$.

황금비   배가 거슬러 올라갈 때 유속에 영향을 받으니까 강물이 흐르는 속도를 측정해야 해.

고난도   유속은 초속 $3m$야.

황금비   목표지점은 $400m$, 유속은 $3m/s$. 왕복에 걸리는 시간은 …

100초.

고난도   100초에 맞는 속도를 찾으려면 방정식을 세워야 해.

고난도는 재빨리 아이템 넷째 장을 펴고 계산을 했다.

고난도   배 속도를 x로 놓으면 강물을 거슬러 올라갈 때 속도는 $x-3$,
강물을 타고 내려올 때 속도 $x+3$이야. 시간은 거리 나누기
속도니까 식을 세우면 다음과 같이 되네.

$$100초 = \frac{400}{x-3} + \frac{400}{x+3}$$
$$100 = \frac{400(x+3)+400(x-3)}{(x-3)(x+3)}$$
$$100 = \frac{400(2x)}{x^2-3^2}$$
$$100(x^2-9) = 800x$$
$$x^2-8x-9 = 0$$

고난도   이차방정식이니 인수분해를 하면 해가 나올 거야.

$$x^2 \;-\; 8x \;-\; 9 = 0$$

$1x$ $-9 \longrightarrow -9x$

$1x$ $1 \longrightarrow 1x$

$$-8x$$

$$(x-9)(x+1)=0$$
$$x=9, \; -1$$

고난도   답은 $9m/s$ 야.

황금비는 장난감 배를 강물에 띄우고 속도를 $9m/s$ 로 맞춘 뒤에 출발 단추를 눌렀다. 장난감 배는 단추를 누르자마자 맹렬한 기세로 튀어 나 갔다. 장난감 배라고는 믿기지 않는 속도였다.

하얀 가사   정확히 1분 30초 만에 출발시켰다. 3분을 줄 필요도 없었군.

고난도와 황금비는 긴장한 채 장난감 배가 목표지점까지 가는 모습을 지켜보았다. 아이템 수첩을 열어 시간과 속도를 수시로 확인했다.

황금비   목표지점에 도착한 시간은 … 66.67초야. 계산대로 정확해.
고난도   다시 돌아온다. 유속을 빼면 초기 속도와 같아.

장난감 배는 강물이 흐르는 속도와 합쳐지자 초속 $12m$ 의 속도로 무 섭게 질주했다. 물살이 뿌옇게 일었다.

황금비   시간이 95초… 97초… 도착하면… 정확해! 99.98초야!

배는 도착지점에 설치한 고무줄에 닿자 또다시 반대 방향으로 튕겨나가더니 곧바로 폭발했다. 폭발음에 귀가 얼얼했다. 고무줄은 폭발로 인해 끊어졌다.

하얀 기사　99.98초라니… 완벽했다. 너희들이 이겼다.

황금비　약속은 지키는 거죠?

하얀 기사　나는 신용이 두터운 사람이다. 허락한다. 방어막을 제거해 주겠다.

황금비　감사해요. 이 검은 돌려 드릴게요.

황금비는 하얀 기사에게 뺏은 검을 돌려주었다. 하얀 기사는 기사답게 예의를 갖춰 검을 받았다. 고난도는 바닥에 쭈그리고 앉아 이곳저곳을 뒤졌다.

황금비　거기서 뭐 해? 방어막이 열렸어. 빨리 가자.

고난도　잠깐 기다려 봐.… 아, 여있다.

고난도는 물건을 주섬주섬 챙겨서 가방에 넣더니 씩 웃고는 황금비 뒤를 따랐다. 다리 위에 설치된 방어막은 사라지고 없었다. 황금비는 다시 한번 하얀 기사에게 고개를 숙여 고마움을 전하고 다리를 건넜다. 다리 끝에 다다랐을 때 뒤편에서 뿌연 소음이 일었다. 거대한 붉은 물결이

길을 꽉 매운 채 달려들었다.

하얀 기사   붉은 기사단! 저들이 방어벽이 열린 틈을 노리다니…. 비겁
              한 놈들.

하얀 기사는 검을 잡고 다리 앞을 가로막았다. 붉은 기사단은 일제히
멈춰 섰다.

붉은 기사   길을 열어라. 하얀 기사!
하얀 기사   비겁한 놈. 방어막이 열리는 틈을 이용해 공격하다니.
붉은 기사   우리 목표는 저 아이들과 지킬 박사다. 이번에는 마을을 건
              드리지 않을 테니 막지 마라.
하얀 기사   비겁한 자가 탄 말이 우리 마을을 짓밟는 짓은 용납하지 않
              겠다. 내 허락 없이는 아무도 이 마을에 들어설 수 없다.
붉은 기사   마을을 보호하던 방어막은 사라졌다. 다시 방어막을 치려면
              시간이 걸리지. 너는 우리 붉은 기사단을 막지 못한다.
하얀 기사   그건 겨뤄 봐야 알 일.

하얀 기사는 작은 반지 두 개를 꺼내더니 다리를 건너간 고난도와 황
금비를 향해 던졌다.

하얀 기사　애들아, 받아라. 이건 방패다. 저들의 공격을 막는 데 필요하
다. 무사히 박사를 만나길 바라마.

반지를 손가락에 끼고 슬쩍 건드리자 투명한 전자 막이 펼쳐지며 꽤
넓은 방어막이 형성되었다.

붉은 기사　쓸데없는 짓을 하는군. 붉은 기사단! 공격하라.

명령이 떨어지자 붉은 기사단은 하얀 기사를 일제히 공격했다. 숫자
는 붉은 기사단이 압도했지만, 다리가 그리 넓지 않아서 붉은 기사단은
쉽게 다리로 들어서지 못했다. 그러나 숫자가 너무 많았다. 붉은 기사단
일부가 하얀 기사와 싸울 때 나머지는 다리를 건넜다.

황금비와 고난도는 있는 힘껏 뛰어서 마을을 가로질렀다. 목표는 지킬
박사 집이 있는 언덕이었다. 다리를 건넌 붉은 기사단은 고난도와 황금비
를 추격했다. 마을을 벗어나니 지킬 박사의 집이 보였다. 그 집까지는 제
법 거리가 멀었다. 붉은 기사단은 바짝 쫓아왔다. 고난도와 황금비는 있
는 힘껏 뛰었다. 화살이 하늘을 포물선으로 가르며 날아왔다. 빗나간 화
살은 땅에 꽂히자 보라색 불꽃을 내뿜으며 폭발했다. 단순한 화살이 아
니었다. 워낙 폭발력이 강했기에 피한다고 안전해지지 않았다. 방패로 막
지 않으면 아바타 몸에 치명상을 입을 수도 있었다.

황금비   위험해!

고난도가 폭발을 피하다가 날아오는 화살을 미처 못 보는 바람에 위험에 처했다. 황금비는 화살을 황급히 막았다.

황금비   어, 저게 뭐지?

황금비가 방패로 보는 화살은 그냥 화살이 아니었다. 화살 끝에 보라색으로 뭉친 부분과 화살대를 이루는 부분에 각각 방정식이 어른거렸다. 화살대에 붙은 이차방정식이 익히 보았던 형식이라면, 화살촉에 웅크린 이차방정식은 x^2이 있기는 하지만 형태가 낯설었다. 화살이 방패에 부딪히자 화살촉이 강하게 폭발했고, 화살대는 허공으로 연기처럼 흩어졌다. 방패가 폭발력을 상당 부분 흡수해서 다치진 않았지만, 충격은 꽤 강하게 전해졌다.

언덕을 오른 고난도와 황금비는 저택을 향해 달려갔다. 붉은 기사단은 화살 공격이 더는 먹히지 않자 창을 뽑아 들고 돌진해 왔다. 붉은 안개가 뿌옇게 언덕을 메웠다. 대문을 지난 뒤 저택을 향해 내달렸다. 붉은 기사단은 대문을 그대로 돌파해 뒤쫓아왔다. 그러나 대문을 통과하고 얼마 지나지 않아 공간이 뒤틀리더니 말들이 더는 앞으로 달리지 않으려고 했다. 말들은 공포에 떨며 길길이 날뛰었고, 붉은 기사단들은 말을 통제하지 못하고 더러는 바닥으로 꼬꾸라졌다. 고난도와 황금비는 뒤도 돌아

보지 않고 현관까지 뛰어갔다. 문고리를 잡고 두드리려는데 문이 안에서 밖으로 열렸다.

집사	어서 오시지요. 박사님께서 기다리십니다.
황금비	박사님이 저희가 올 줄 알고 계시나요?
집사	두 분이 8128 영역에 도착한 그 순간부터 기다렸습니다.
고난도	그러면 이런 고생하기 전에 만나러 오시지.
집사	박사님은 이곳을 벗어나지 못합니다. 이곳에서도 힘들게 버티는 중입니다.
황금비	붉은 기사단이 쫓아옵니다.
집사	걱정하지 마십시오. 저들은 방어진을 뚫지 못합니다.

그제야 황금비와 고난도는 붉은 기사단이 쓰러지는 모습을 확인했다. 여유를 찾은 고난도와 황금비는 숨을 차분하게 고르고는 집사를 따라서 저택 안으로 들어갔다. 집사는 오래된 예술품들이 고풍스러운 자태를 뽐내는 연회실을 지나 오래된 책들이 벽을 빼곡히 채운 서재로 들어갔다. 온화한 웃음과 자애로운 눈빛을 한 중년 남성이 차분하게 고난도와 황금비를 맞이했다. 가벼운 목례에서도 기품이 묻어났다. 그 사람이 바로 지킬 박사였다. 지킬 박사는 고난도와 황금비가 왜 왔는지 이미 다 알고 있었다. 고난도와 황금비는 자신들이 누구이며 어떤 이유에서 방문했는지 설명하지 않아도 되었다.

황금비	저희가 누굴 찾는지 안다면 저희 친구들이 어디 있는지도 아시겠군요.
지킬 박사	자네들이 오다가 만났던 그 마차를 탄 것까지는 알지만 그 뒤로는 모른다네.
고난도	그 이상한 마부가 모는 마차 말인가요?
지킬 박사	피노키오를 나쁜 길로 끌어들인 마차인데, 거기에 탄 순간부터 추적할 수가 없게 되었지. 마차를 타지 않았다면 아마 나에게 왔을 텐데 무척 안타까웠다네.
황금비	박사님이 제 친구들이 어디 있는지 모르신다면 저희는 헛걸음한 거네요.
지킬 박사	자네 친구들이 어디 있는지는 모르지만, 친구들을 찾는 방법은 알지.
고난도	어떻게 하면 찾을 수 있죠?
지킬 박사	퀸이 되면 되네.
황금비	퀸이요?
지킬 박사	체스의 퀸이기도 하지만, 자네가 목에 걸고 있는 목걸이의 참된 주인이 되라는 뜻이기도 하지.

황금비와 고난도는 지킬 박사가 목걸이를 안다는 사실에 화들짝 놀랐다. 혹시나 피타고X 무리일지도 모른다는 생각에 잔뜩 긴장했다.

황금비	박사님이 이 목걸이를 어떻게 알죠?
지킬 박사	나를 구원해 줄 열쇠인데 어떻게 모르겠는가? 이걸 설명하려면 조금 긴 이야기를 해야 하는데, 들어주겠는가? 아마 내 이야기에는 자네들이 궁금해하던 비밀도 포함되어 있을 걸세.
황금비	친구들을 구할 방법을 알 수만 있다면 어떤 이야기도 들을 수 있습니다.
지킬 박사	자네들은 친구들을 구하고, 나는 나 자신을 구하게 되니 서로에게 도움이 되는군.

지킬 박사는 책꽂이에서 오래된 책 한 권을 꺼냈다. 『지킬과 하이드』란 제목이 흐릿하게 새겨진 표지에서 뿌연 먼지가 일었다.

| 지킬 박사 | 나는 인간 본성을 선과 악의 대결로 보았네. 나는 그 누구보다 선한 사람이었지만, 아니 선하다고 평가받는 사람이었지만 내 안에서 꿈틀대는 악이 그 어떤 사람보다 강하다는 점을 알아차렸네. 내 본성에서 꿈틀대는 악을 분리해 낸다면 어떨까? 아니, 모든 인간에게 깃든 악한 본성을 분리해서 없앤다면 어떨까? 나는 이런 질문을 나에게 했고, 긴 연구 끝에 답을 찾아냈지. 약을 개발한 뒤에 다른 사람에게 실험하려다 고심 끝에 나 자신에게 실험하는 게 가장 저절하다는 |

판단을 내렸다네. 내 약은 내면을 바꾸는 효과를 발휘하는데 다른 사람 내면은 내가 알 수가 없으니 말이야. 그 판단은 이제껏 내가 내린 결정 중에 가장 멍청하고 어리석었다는 것이 곧 드러났지. 내 안에 악한 본성이 깨어났고, 그 본성은 내 영혼을 지배해 버렸네.

고난도 　악한 영혼을 지닌 자가 바로 '하이드'겠군요. 하이드는 박사님 영혼을 대체하여 온갖 못된 짓을 저질렀고.

지킬 박사 　맞네. 그렇지만 그것은 오늘 이야기의 핵심이 아니니 이 정도만 하지. 이제부터 자네들이 궁금해하는 이야기일세. 이 공간을 창조한 자에 관한 이야기이니까.

고난도와 황금비는 자세를 고쳐 잡았다. 가방 속에 있던 자롱이가 슬며시 고개를 내밀었다. 지킬 박사는 잠깐 자롱이를 눈여겨보더니 다시 말을 이었다.

지킬 박사 　이곳을 창조한 자는 자네들도 아는지 모르겠지만 '너클리드'라네. 너클리드란 이름은 수학자 '유클리드'에서 따왔지. 이곳은 너클리드가 어린 시절에 읽었던 책이 그 원천이라네. 그래서 자네들이 오는 동안 앨리스, 피노키오, 피터팬, 프랑켄슈타인 등에 나온 캐릭터들을 만났던 거라네. 물론 나도 마찬가지고. 너클리드가 특히 좋아했던 책은 『거울나라의 앨리스」였어.

고난도 이곳이 거울나라의 앨리스를 기반으로 만든 환상세계라는
       것은 충분히 알겠더라고요.

지킬 박사 내가 알기로 너클리드는 뛰어난 메타버스 알고리즘 전문가
          였어. 꿈과 희망을 품고 알고리즘 전문가가 되었지만 일은 힘
          들고 고되기만 했지. 자신이 꿈꾸던 이상과 다른 메타버스에
          크게 실망하기도 했고.

황금비 맞아요. 너클리드는 메타버스에 불만이 많아요.

지킬 박사 작업에 지친 너클리드는 환상행성에서 소외된 감정을 달래
          려고 이곳을 창조했지. 완전수 8128은 너클리드가 가장 좋
          아하는 숫자야. 처음에는 동심을 구현하는 데 힘을 쏟던 너
          클리드는 우연한 기회에 자신이 만들어 낸 이곳에 메타버스
          알고리즘을 넘어서는 힘이 있음을 깨달았지. 그 알고리즘을
          자세히 설명하기는 어렵지만 크게는 두 가지야. 하나는 거울
          이 지닌 성질을 이용한 것이고, 다른 하나는 바로 내가 하이
          드를 분리해 낸 방법이었지.

고난도 둘 다 그냥 이야기일 뿐이잖아요. 오래전에 쓰인….

지킬 박사 그래 고전이지. 그리고 고전에는 오래되고 깊은 진실이 숨겨
          져 있는 법이라네. 그래서 고전이라 하지. 너클리드는 내가
          하이드를 분리한 방법으로 환상행성에서 알고리즘을 분리
          해낸 뒤, 거울 성질을 이용해서 공장을 통하지 잃고 나든 네

타버스로 힘을 넘나들게 하는 법을 알아냈다네. 거울은 존재하지만 존재하지 않지. 빛이 실재하는 듯하지만 그걸 붙잡을 수는 없다네. 영향을 끼치려면 본체를 건드려야 하는데 본체는 이곳 환상행성에 꼭꼭 숨어 있기에 절대 어찌할 수가 없다네.

황금비 그래서 메타버스 관리AI가 전혀 힘을 못 썼군요.

지킬 박사 물론 그 알고리즘을 발견했다고 해서 바로 적용할 수는 없었네. 그걸 증폭시킬 도구가 필요했고, 그 도구가 바로 퀸과 킹의 목걸이지.

황금비 그 목걸이에 관한 이야기는 너클리드에게 직접 들었어요.

지킬 박사 그 목걸이를 이용해서 너클리드는 환상행성과 다른 메타버스를 자유롭게 넘나들었고, 메타버스를 자기 뜻대로 바꾸는 작업에 착수했지. 그러던 어느 날 무슨 일이 벌어졌는지 모르지만, 목걸이 주인이 바뀌었네.

고난도 피타고X와 은둔미녀겠죠.

지킬 박사 그 뒤로 너클리드는 단 한 번도 이곳에 오지 못했네. 목걸이가 없으니 연결통로를 만들지 못하고, 정식으로 방문하는 길은 피타고X가 막아 버렸거든. 어쨌든 피타고X가 자기 애인인 은둔미녀와 목걸이를 차지하면서 이곳을 지배하게 되었는데, 갑자기 은둔미녀가 소멸하며 목걸이를 잃어버렸다네. 그 바람에 퀸의 자리가 공석이 되었지. 은둔미녀가 잃어

버린 퀸의 목걸이를 자네가 어떻게 가지게 되었는지는 모르 겠지만, 퀸의 목걸이에는 이곳을 지배하는 막강한 힘이 있 어. 어쩌면 킹보다 더 강하지. 체스에서 퀸이 킹보다 강하듯이.

황금비 저는 아직도 이 목걸이가 지닌 힘을 어떻게 쓰는지 잘 몰라요.

지킬 박사 그래서 퀸이 되라는 거네. 그 목걸이를 제대로 다 사용하지 못하는 까닭은 자네가 퀸이 아니기 때문이야. 자네가 퀸이 되면 이곳을 바꿀 능력을 쥐게 되네. 그리고 지금은 자네가 퀸이 되기에 둘도 없는 기회야.

평온하던 지킬 박사 목소리가 살짝 떨렸다.

지킬 박사 어떤 일이 벌어졌는지 모르지만, 피타고X 비행선이 폭발했 네. 그 비행선은 환상행성과 기존 메타버스를 연결하는 운 송 수단이지. 비행선이 있기에 공항을 거치지 않고 환상행성 과 일반 메타버스를 자유롭게 넘나들었어. 내가 알기로 메 타버스와 이곳을 연결하는 기능이 장착된 비행선은 세 대가 있었는데 모두 폭발하면서 피타고X는 이곳을 자유롭게 이 동하는 통로를 잃어버렸다네. 물론 그렇다고 통로가 완전히 사라지진 않았지만, 굉장히 까다로운 방법을 써야 하지. 지 금 피타고X는 목걸이를 이용해 비행선을 만드는 작업에 몰 두하고 있다네. 그건 꽤 까다롭고 시간두 오래 걸리는 작업이지.

황금비 그 말은 지금 이곳에 피타고X가 없다는 뜻인가요?

지킬 박사 있기는 하지만 활동을 못 한다는 뜻이네. 비행선 제조 작업에 들어간 이상 완성하기 전에는 나오지 못해.

황금비 제가 퀸이 되려면 어떻게 해야 하죠?

지킬 박사는 다시 책 한 권을 꺼내서 펼쳤다. 책을 펼치자 첫 장에 오래된 지도가 나왔다.

지킬 박사 이 집이 여기네. 여기서 조금만 가면 거대한 호수가 나오는데 거기에 나루터가 있지. 나루터에 가면 배 한 척이 있을 걸세. 이 배를 타고 호수를 건너면 협곡이 나오네. 배 한 척이 겨우 지나갈 만큼 비좁고 끝을 모르게 높은 절벽이 치솟은 협곡이지. 협곡을 지나면 바다가 나오고 그곳에 '퀸의 섬'이 있다네. 이 퀸의 섬에는 의자가 있는데, 그 목걸이를 건 사람만 앉을 수 있지.

고난도 그 의자에 앉기만 하면 되는 건가요? 그럼 간단해 보이는데….

황금비 간단할 리가 없어. 저런 데는 보통 강한 파수꾼들이 지키고 있거든.

지킬 박사 맞네. 그곳에는 무시무시한 악당들이 아무도 앉지 못하게 의자를 지키고 있지. 심지어 피타고X조차 어쩌지 못하는 존재들이네.

황금비   그들이 누구죠?

지킬 박사   자네들이 이미 만난 악당들이네. 후크선장, 프랑켄슈타인의 괴물, 그리고 내 악한 본성인 하이드도 거기 있다네.

고난도   당신과 하이드는 육체를 공유하는 사이가 아닌가요? 어떻게 여기도 있고, 거기도 있는 거죠?

지킬 박사   지금 나는 거울 마법을 이용해 잠시 이곳에 머무는 거라네. 내 본체는 퀸의 섬에 있지. 아마 조금 뒤에는 하이드가 깨어날 테고, 그럼, 여기 있는 나는 소멸할 거야.

고난도   하이드를 없애면 박사님도 사라지잖아요.

지킬 박사   내 소망이 그거라네. 나는 더는 내 영혼이 악행에 오염되는 걸 바라지 않아. 그리고 내 악한 본성이 메타버스 전체에 퍼지는 건 더더욱 바라지 않고.

황금비   제가 프랑켄슈타인의 괴물, 그러니까 메좀비와 싸워봤어요. 그 전투력은 거의 슈퍼맨 급이었어요. 그런 괴물을 어떻게 이기죠?

지킬 박사   그 방법은 나도 모르네. 안다면 내가 이미 했겠지. 다만….

황금비   다만….

지킬 박사   자네라면 가능할 거야. 퀸이 되지도 않았는데 목걸이가 지닌 힘 일부를 이미 사용할 정도니까.

차분하게 대화를 이어가던 지킬 박사는 갑자기 이마를 찌푸리더니 두 손으로 머리를 움켜쥐었다. 이를 악물고 고통을 참아 내는지 비릿한 신음을 흘렸다.

황금비　　괜찮으세요?

지킬 박사　하이드가 깨어나려 해. 시간이 없어. 지금부터 내가 하는 말을 명심하게. 너클리드는 방정식을 좋아했어. 특히 이차방정식을 좋아했지. 자네들이 아는지 모르겠지만 세상을 지탱하는 근본 힘은 이차방정식과 이차함수에 있다네. 사실 이차방정식이나 이차함수는 말만 다를 뿐 같은 뜻이라네. 자네들도 $E=mc^2$은 알 거야.

고난도　　아인슈타인이 찾아낸 방정식 가운데 하나잖아요.

지킬 박사　맞아. 우주를 지배하는 강력한 원리지. 그리고 운동에너지 공식은 $E=\frac{1}{2}mv^2$이고, 뉴턴의 중력방정식은 $F=G\frac{mM}{r^2}$이며, 전하의 전기력에 관한 쿨롱의 법칙은 $F=k\frac{q_1q_2}{r^2}$이라네. 잘 보면 모두 이차항이 들어 있어. 신기하지 않은가? 모든 게 이차방정식, 이차함수라니 말이야.

황금비　　그들과 싸웠을 때 믿을 수 없을 만큼 엄청난 능력을 아무렇지 않게 발휘했어요.

지킬 박사　그들이 이차방정식을 이용할 줄 알기 때문이지. 너클리드나 피타고X와 싸워 봤다면 그들이 메타버스 요소를 원래 구성 요소로 되돌리는 걸 여러 번 경험했을 거야.

고난도   맞아요. 메타버스 구성 물질이나 환경을 소인수로 되돌리거나, 선분이나 도형으로 바꿔 버렸어요.

지킬 박사 그것도 방정식을 원래대로 되돌리는 인수분해 원리를 이용한 거라네. 복잡해 보이는 식도 인수분해를 하면 간단한 곱셈이 되지. 세상 이치가 그래. 복잡해 보이지만 파헤치고 보면 단순하거든. 목걸이는 바로 그 본질을 깨우는 거라네.

그때 집사가 서재로 들어왔다. 집사는 침울하고 어두웠다.

집사   시간이 다 됐습니다.

지킬 박사 밖은 어떤가?

집사   붉은 기사단이 방어막 바깥을 완전히 포위했습니다.

지킬 박사 그럼 이게 필요하겠군.

지킬박사는 책상 밑에서 낡은 나무 상자를 꺼냈다.

지킬 박사 자네들, 하얀 기사에게 반지 방패를 받았지? 그걸 나한테 주게.

고난도   뭘 하시려는 거죠?

지킬 박사 만능열쇠를 장착하려는 거네. 너클리드가 만든 세상은 방정식이 지배하고, 저들은 그 방정식이 지닌 힘을 이용해 공격하지. 그리고 모든 방정식은 '해'를 찾으면 '0'이 된다네. 즉 힘이 소멸하지.

지킬 박사는 반지를 상자에 넣고 닫았다.

지킬 박사 　잠시 이 힘이 깃들기를 기다리세. 그리고 자네에게 마지막으로 줄 선물이 있네. 혹시 그자가 나타나면 이걸 쓰게.

황금비 　하이드 말인가요?

지킬 박사 　아니네. 내가 그 이름을 말하면 안 되기에 말해 줄 수는 없으나, 이게 그자가 쓰는 마법에서 자네를 보호해 줄 걸세. 딱 한 번밖에 쓰지 못하니 기회를 잘 봐서 쓰게.

황금비 　그자가 누군지도 모르는 데 언제 쓸지 어떻게 알죠?

지킬 박사 　이제껏 내가 말하지 않는 자이고, 자네와 같은 우수한 전사는 바로 알아볼 걸세. 본능이 위험을 알려 줄 테니까.

황금비 　메좀비보다 더 무서운 존재라니, 끔찍하군요.

지킬 박사 　두려워할 이유는 없어. 자네도 알겠지만 두려움은 대상이 아니라 자기 내면에서 비롯하는 거니까.

황금비는 지킬 박사가 주는 아이템을 받아서 가방에 넣었다.

고난도 얼마나 기다려야 하죠? 시간이 없다고 하셨잖아요?

재킬 박사 이 반지를 건네줄 때까지는 버틸 수 있으니 걱정하지 말게.

고난도 그 상자 안에서 어떤 일이 벌어지는지 궁금하네요.

재킬 박사 자네는 호기심이 참 많군. 좋은 재능이야. 호기심이야말로 인간이 지닌 가장 위대한 능력이지. 많은 아이들이 그걸 잃어버렸지만…. 시간이 조금 남았으니 알려 주겠네. 이 상자는 이차방정식의 모든 해를 손쉽게 찾아 주는 '근의 공식'이 들어 있어. '근의 공식'이 반지 방패에 스며들면 붉은 기사단이 펼치는 모든 공격이 무력화되네. 붉은 기사단이 지닌 모든 힘은 이차방정식에 기반을 두고 있는데, 이 방패에 닿으면 이차방정식은 모조리 해가 풀려서 '0'이 되어 버린다네. 그러니 '근의 공식'은 붉은 기사단과는 상극이라 할 수 있지.

황금비 근의 공식이 뭐죠?

재킬 박사 시간이 아직 있나?

집사 하이드가 아직 기지개를 켜지 않았습니다.

재킬 박사 다행이군. 기지개를 켜면 1분 뒤에는 내가 사라지니 서둘러 설명하겠네. 이차방정식은 $ax^2+bx+c=0\,(a\neq0)$이 기본 형태라네. 이걸 완전제곱식 형태로 바꾸면 '근의 공식'이 탄생하지.

지킬 박사는 '근의 공식'을 증명하는 과정을 빠르게 저었다.

$$ax^2+bx+c=0 \qquad (a\text{로 양변을 나눈다})$$

$$x^2+\frac{b}{a}x+\frac{c}{a}=0 \quad (\text{완전제곱식을 만들려면 } (\tfrac{b}{2a})^2\text{이 필요하다})$$

$$x^2+\frac{b}{a}x+(\frac{b}{2a})^2-(\frac{b}{2a})^2+\frac{c}{a}=0 \quad (\text{좌변은 완전제곱식으로}$$

$$\text{만들고, 나머지는 우변으로 이항한다})$$

$$x^2+\frac{b}{a}x+(\frac{b}{2a})^2=(\frac{b}{2a})^2-\frac{c}{a} \quad (\text{좌변은 제곱 형태로 바꾸고,}$$

$$\text{우변은 통분한다})$$

$$(x+\frac{b}{2a})^2=\frac{b^2-4ac}{(2a)^2} \qquad (\text{좌변에서 제곱을 제거하고,}$$

$$\text{우변은 제곱근을 씌운다})$$

$$x+\frac{b}{2a}=\pm\sqrt{\frac{b^2-4ac}{(2a)^2}} \qquad (\text{이항 후 정리하면})$$

$$x=\frac{-b\pm\sqrt{b^2-4ac}}{2a} \qquad \textbf{[근의 공식]}$$

황금비　멋지네요. 조금 복잡해 보이긴 하지만.

지킬 박사　마법이지. 마법은 복잡하면서도 단순하다네. 마법에 감춰진 진실이지.

집사　하이드가 기지개를 켰습니다.

집사는 침울해졌고, 지킬 박사는 쓸쓸함을 감추지 못했다. 지킬 박사는 상자를 열어서 반지를 건네주었다. 고난도와 황금비는 반지를 손가락에 끼웠다. 그 이전과는 다른 힘이 느껴졌다.

지킬 박사　부탁이네. 나를 이 괴로운 굴레에서 벗어나게 해 주게.

황금비 약속드립니다.

고난도 저도 약속할게요.

지킬 박사는 상자를 내려놓고는 긴 한숨을 내쉬었다. 지킬 박사로서 내쉬는 마지막 숨결이었다.

지킬 박사 고맙네. 세상에 선한 영향을 끼치고 싶었는데 선한 의도가 악으로 이어질 수도 있음을 그때는 왜 몰랐을까….

말이 희미해지며 지킬박사는 거울에서 형체가 사라지듯이 소멸하였다.

집사 박사님이 떠나셨으니 방어막도 곧 깨집니다. 빨리 나가십시오.

고난도 고맙습니다.

황금비 꼭 박사님 소원을 이루어 드릴게요.

고난도와 황금비는 집을 빠져나와 호수 방향으로 뛰었다. 방어막 밖에서 지키고 있던 붉은 기사단은 고난도와 황금비를 보자마자 공격을 퍼부어댔다. 그러나 반지 방패에 부딪히자 칼도, 창도, 화살도 모조리 그 힘을 잃고 소멸하였다. 무기를 잃은 붉은 기사단은 더는 공격하지 못했다. 몇몇 붉은 기사단은 맨몸으로 공격했으나 방패와 충돌하면 갑옷마저 소멸하는 꼴을 보고는 모두 뒤로 물러났다.

07. 포물선 공격과 이차함수

: 이차함수와 그래프 :

호수와 땅이 만나는 경계면이 거의 보이지 않았다. 마치 망망대해를 바라보는 기분이 들었다. 유일하게 보이는 육지는 끝이 갈라진 절벽이었다. 그 주변에는 땅이 보이지 않는데 절벽만 높게 솟아서 방향을 잡게 도와주었다. 퀸의 섬으로 가는 길에 협곡을 지나가야 한다고 했는데 바로 그 협곡 양옆으로 치솟은 절벽이었다. 고난도와 황금비는 나루터에 묶여 있는 배에 올라탔다. 오래된 동력장치여서 시동을 거는 데 애를 먹었다. 시동을 걸고 나루터에 묶인 끈을 풀고는 절벽이 보이는 방향으로 배를 출발시켰다. 그런데 배가 나루터를 떠나자마자 예상치 못한 인물들이 등장했다.

고난도　　꼭 이럴 때면 등장한다니까. 왜 안 나타나나 했네.

황금비　　연결통로가 없어서 이곳으로 오지 못한다고 했는데….

너클리드와 비례요정은 나루터 끝에서 소리를 질렀다.

너클리드　　멈춰!

비례요정　　그 배는 내 거야.

황금비　　미안하네요. 우리가 한발 빨라서.

비례요정　　내 목걸이 내놔.

고난도　　내 한정판 립스틱이나 내놔요.

비례요정　　그게 왜 네 거야?

고난도　　환상행성만 아니면 확….

황금비　　퀸의 자리는 제가 차지할게요.

비례요정　　퀸은 바로 나야! 나라고!

황금비　　안 됐네요. 그나저나 이곳에 오지 못한다고 들었는데 어떻게
　　　　　　왔어요?

너클리드　　너희들, 지킬 박사를 만났구나.

황금비　　당신이 어떤 사람인지, 이곳이 어떤 역할을 하는지 다 알았
　　　　　　어요. 그리고 당신들을 막을 방법이 무엇인지도.

너클리드	너를 소멸시키고 목걸이를 되찾겠다.
황금비	그렇게는 힘들걸요. 소멸한다고 해도 곧바로 공항으로 돌아가 버릴 테니.
너클리드	흥, 이곳을 내가 창조했다는 말을 허투루 들었구나.
고난도	됐어. 말해 봐야 의미 없어. 가자. (너클리드와 비례요정에게) 우린 갑니다. 천천히 오세요.

고난도는 낄낄거리며 웃었고, 황금비는 엔진 출력을 높였다. 배는 물살을 가르며 속도를 올렸다.

고난도	어 저게 뭐지? 너클리드 손에 털실 뭉치가 들렸는데….
황금비	털실 뭉치라고?
고난도	내 기억이 맞는다면 저 털실 뭉치는 〈거울나라 앨리스〉 앞부분에 나오는데….

너클리드는 털실 뭉치를 나루터에 내려놓았다. 털실 뭉치가 굴러가며 풀어졌다. 실 끝이 호수에 닿았다. 너클리드와 비례요정이 뒤로 물러났다. 실에서 보라색 빛이 나면서 나루터가 뒤틀렸다.

고난도	나루터가… 거대한… 배로 바뀌고 있어.
황금비	뭐라고? 말도 안 돼? 어떻게 저런…. 빨리 도망쳐야 해.

황금비는 엔진 출력을 최대로 높였다. 그러나 출력을 끝까지 높여도 나룻배 속도는 그리 빨라지지 않았다. 너클리드와 비례요정이 만든 배는 거대한 돛을 펄럭이며 천천히 움직였다. 처음에는 느렸지만, 점점 빨라지며 추격해 왔다. 다행히 바람이 약해지면서 거리가 더는 좁혀지지 않았다. 그러나 안심하기는 일렀다.

고난도   배 위에… 대포가 있어.

황금비   정말 대포야?

고난도   진짜 대포라니까.

황금비   빨리 반지방패를 준비해.

고난도는 나룻배 뒤로 가서 반지방패를 펼치고, 황금비는 조종간을 고정해놓고 나룻배 중간 지점에서 반지방패를 펼쳤다. 굉음이 울리고, 거대한 포탄이 나룻배로 정확하게 날아왔다.

고난도   이 방패로 막을 수 있을까?

황금비   지킬 박사가 한 말을 믿어야지.

고난도   어… 저 포탄…이차함수[22]인데….

---

22 이차함수.
$y=f(x)$에서 y가 x에 대한 이차식 $y=ax^2+bx+c$(a, b, c는 상수. $a \neq 0$)와 같은 형태가 될 때, 이것을 x에 대한 이차함수라고 한다.

투명한 막은 포탄 궤도에 숨겨진 이차함수를 정확히 보여 주었다. 포물선을 그리며 날아온 포탄은 나룻배에 정통으로 떨어졌다. 고난도와 황금비는 반지방패를 하늘로 향하게 하고 이를 악물었다. 포탄은 반지방패에 떨어지자마자 보라색 빛으로 산산이 흩어졌다. 충격파조차 없었다.

고난도 너클리드가 당황하는데….

황금비 근의 공식은 정말 마법이구나.

고난도 그렇지. $f(x)=ax^2+bx+c$인 이차함수에서 충격파를 0으로 만들어버리니 아무런 타격을 못 입히는 거야.

황금비 가만히 보니 포물선도 이차함수 형태야.

고난도 그러게. 위력도 궤도도 전부 이차함수라니… 참 신기하네.

황금비 이대로라면 저들이 아무리 공격해도 괜찮아.

고난도와 황금비는 방패를 들어 대포 공격에 대비하면서 나룻배가 협곡 방향으로 제대로 가는지 확인했다. 너클리드는 길길이 날뛰더니 다시 대포를 쐈다. 이번에도 대포가 정통으로 날아왔지만, 반지방패에 맞으며 무력화되었다. 너클리드는 머리를 쥐어뜯더니 다시 대포를 쏘았다. 그런데 이번에는 포탄이 떨어지는 곳이 나룻배가 아니라 바로 옆이었다. 정통으로 공격하면 방패로 막을 텐데 호수에 떨어지니 막을 방법이 없었다. 더구나 강력한 폭발이 일으킨 물보라 때문에 나룻배가 뒤집힐 뻔했다.

| 고난도 | 이런 변칙을 쓰다니….

| 황금비 | 넌 방패를 들고 포탄 공격에 대비해. 나는 운전을 할게.

황금비는 흔들리는 나룻배가 엎어지지 않도록 조종했다. 포탄은 쉬지 않고 날아들었다. 강한 물보라를 일으키며 이차함수가 쉼 없이 터졌다. 몇 번 나룻배가 뒤집힐 뻔한 위기를 겪기도 했으나 황금비가 능숙하게 조종하면서 위기를 벗어났다. 포탄이 떨어지는 횟수는 점점 줄어들었고, 근처에서 터져도 전혀 위협이 되지 않았다. 협곡이 가까워지자 포격도 멈췄다.

| 고난도 | 어, 저게 뭐지?

| 황금비 | 또 이상한 공격이야?

| 고난도 | 아니 드론인데… 우리를 공격하지 않고 협곡으로 날아가고 있어.

| 황금비 | 협곡 위에서 우리를 공격하려고 하나?

| 고난도 | 그러기에는 드론이 너무 작아. 저런 작은 드론에는 포탄을 실을 수도 없어.

| 황금비 | 그럼 무슨 목적이지?

의심스러웠지만 그렇다고 정확한 목적을 파악할 때까지 협곡으로 안 들어갈 수도 없었다. 속도를 줄여서 협곡으로 나룻배를 몰았다. 처음에

는 물살이 느렸지만, 협곡 안으로 들어갈수록 점점 빨라졌다. 벽에 부딪히지 않으려면 속도를 줄이고 천천히 움직여야 했다. 너클리드가 만든 배는 워낙 커서 협곡으로 들어오지 못하고 입구에서 멈췄다. 혹시 대포를 쏘지 않을까 해서 고난도는 방패를 들고 경계했고, 황금비는 벽에 충돌하지 않도록 주의하며 배를 몰았다. 드론은 절벽 위로 계속 날아들었다. 드론이 몹시 거슬렸지만 처리할 방법이 없었다. 협곡 중간 지점에 이를 때까지 그 상태가 그대로 유지되었다. 드론은 협곡 위에 일정한 간격으로 늘어섰다.

고난도   아무래도 저 드론으로 무슨 일을 벌일 것 같은데….

황금비   일을 벌이기 전에 빠져나가면 되지.

황금비는 운전에 능숙해지자 나룻배 속도를 올렸다. 그런데 바로 그때, 드론에서 일제히 보라색 물감이 뿌려졌다. 물감은 협곡 벽을 타고 흘러내렸는데 물감이 닿는 곳마다 평평한 벽으로 뒤바뀌었다. 마치 유리처럼 미끈한 면이었다. 투명한 막으로 바뀐 벽면은 점점 좁아지더니 나룻배를 꼼짝 못하게 만든 뒤에 멈췄다. 나룻배가 멈추자 협곡 입구와 출구도 투명막이 채웠고, 협곡 하늘도 투명막으로 막혔다. 물살이 점점 느려지더니 물마저 투명막으로 바뀌어 버렸다. 정확히는 물 표면만 투명한 막으로 바뀌고 그 아래는 여전히 물이 흘렀다. 드론은 투명막 밖에서 일정한 간격을 유지하며 계속해서 떠 있었다.

고난도   어… 이게 뭐야. 중력이 없어졌나 봐.

황금비   갑자기 무중력이라니… 이런 황당한….

나룻배 위에 놓였던 잡동사니들이 허공으로 떠올랐다. 고난도와 황금
비도 마찬가지였다. 몸을 통제할 수가 없었다. 몸은 제멋대로 움직이더니
나룻배에서 떠오른 물건과 함께 절벽 중앙에 멈췄다. 물건을 잡고 던진
뒤에 반발력을 이용해 벗어나려고 해도 사방에서 미는 힘 때문에 결국
중앙으로 끌려들고 말았다.

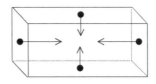

고난도   사방에서 미는 힘이 우리를 원점으로 몰아 놓고 있어.

투명한 벽면에 손을 대서 밀었지만, 빙판에 비눗물을 뿌려 놓은 듯이
미끄러웠다.

황금비   아무래도 심상치 않아. 목걸이로 확인해 봐야겠어.

황금비는 스카프를 손목에 묶고는 목걸이를 꺼냈다. 목걸이를 건드리자 초록빛이 나가며 투명막을 밝혔다. 투명막은 초록빛과 영향을 주고받더니 이내 숨겨진 형태를 선명하게 드러냈다.

황금비   어쩐지… 이럴 것 같았어.

고난도   이건 좌표평면이잖아.

너클리드와 비례요정이 돛대 상단부에 자리한 감시전망대에 오르자, 돛대가 길어지며 감시전망대가 투명 벽 중간에 이르렀다. 너클리드는 감시전망대에서 부지런히 손을 놀렸다. 감시전망대 아래에서 보라색 판이 뻗어 나가더니 투명막을 만나자 반으로 나뉜 뒤 상하로 동시에 뻗어 나갔다. 보라색 판은 투명막 끝 지점에서 $90°$로 꺾여서 면을 타고 움직였다. 보라색 판은 'ㄷ'자 형태로 투명막을 감쌌다.

고난도   보라색 판에서 둥근 원반이 여러 개 만들어지고 있어.

황금비   저 원반이 공격 무기일 거야.

고난도   우주에서 했던 것처럼 또다시 일차함수를 이용한 공격일까?

황금비   이제껏 공격한 방식이나 지킬 박사가 한 말을 고려하면 아마 이차함수를 이용한 공격을 펼칠 가능성이 더 커.

고난도   방패를 준비하자.

방패를 펼치려던 고난도는 반지를 계속 만지다가 당황했다.

고난도   방패가 작동하지 않아.

황금비   이런, 나도 마찬가지야. 이 막이 방패가 작동하지 못하게 막
         나 봐.

고난도   어, 저기 정면 쪽 투명막에 초록색으로 이차함수가 떴어.

황금비   저 이차함수를 보고 공격 경로를 예측해야 해.

무중력 상태여서 여유롭게 피하기 어려운 만큼 위험한 경로를 미리
파악해서 피해야만 했다.

고난도   함수가 $y=x^2$이니까…, x^2의 계수가 양수…, x^2의 계수가 양
         수면 아래로 볼록한 포물선이고…, 그러면 위쪽 원반이 공격
         할 거야.

고난도 말이 끝나자마자 보라색 원반 하나가 천장에서 분리되었다. 원
반이 분리되자 초록색 포물선이 투명막 안에 흐릿하게 나타났다. 원반은
정확히 그 포물선을 따라 공격해 왔다.

황금비   피해야 해. 아무 물건이나 잡아서 던져. 그러면 그 반발력으
         로 원점에서 벗어날 거야.

고난도는 좌표평면 원점에 몰려 있는 물건 하나를 집어서 위로 던졌다. 물건은 위로 날아가고 몸은 아래로 움직였다. 바로 그 순간에 원반이 원점을 스치고 지나갔다. 원반에 닿은 물건들은 스치기만 해도 잘게 부서졌다. 엄청난 위력이었다. 물건을 던지고 간신히 피했지만, 사방에서 밀어내는 강한 힘으로 인해 다시 원점으로 되돌아오고 말았다. 잘게 부서진 물건들은 투명벽이 만들어 내는 인력과 척력에 영향을 받지 않고 중력에 이끌려 바닥으로 떨어졌다.

고난도　　휴, 아슬아슬했어.

황금비　　또다시 이차함수가 투명벽에 떴어.

고난도　　함수가 $y=-x^2$이니까…, x^2의 계수가 음수…, x^2의 계수가 음수면 위로 볼록한 포물선이고…, 그러면 아래쪽 원반이 공격할 거야.

예상대로 보라색 원반 하나가 바닥에서 분리되었다. 원반이 분리되자 초록색 포물선이 투명 막 안에 흐릿하게 나타났다. 원반은 정확히 그 포물선을 따라 공격해왔다. 고난도와 황금비가 원점에 남은 물건을 잡아서 힘껏 아래로 던지자 반발력으로 몸이 위로 올라갔고, 그 순간에 원반이 원점을 스치고 지나갔다. 원반에 닿은 물건들은 또다시 가루가 되었다. 이제 중심점에 남은 물건은 거의 없었다. 원점에서 벗어난 몸은 척력으로 인해 다시 원점으로 되돌아왔다.

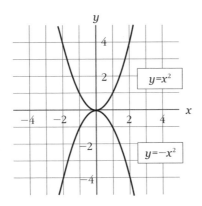

공격은 쉴 틈을 주지 않고 이어졌다. 이번에는 이차함수 $y=2x^2$이 떴는데 조금 전보다 포물선 폭이 좁았다. 속도는 더 빨랐고 맹렬한 변화를 일으키며 중심점을 치고 지나갔다. 원반 주변으로 회오리가 일며 강한 파장을 일으켰다. 만약에 그 에너지파에 휩쓸리면 아바타가 치명타를 입을 만큼 무시무시했다. 고난도와 황금비는 물건을 이용한 반발력을 만들어 다시 피했다. 반발력을 만들어 내는 물건이 아직은 하나씩 있어서 다행이었다. $y=-2x^2$이 뜨자 폭이 좁은 포물선이 아래에서 치고 올라왔다.

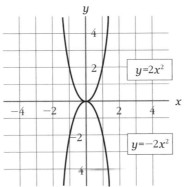

황금비   이렇게 하나씩 공격해 오면 그리 위험하지는 않은데….

고난도   그 말은 하지 않는 게 좋을 **뻔했어**.

황금비   이런 이차함수 두 개가 동시에 나오다니….

투명벽에 $y=\dfrac{1}{2}x^2$과 $y=-\dfrac{1}{2}x^2$이 한꺼번에 뜨더니 위와 아래에서 동시에 포물선을 그리며 원반이 날아들었다. 이번에도 같은 방식으로 한꺼번에 날아드는 원반 공격을 피했다.

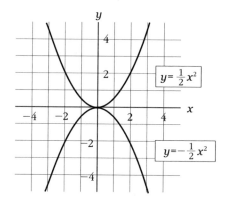

고난도   이번에는 포물선 폭이 넓었어.

황금비 x^2의 계수 절댓값이 작아지면 포물선 폭이 넓어지나 봐.

고난도 x^2의 계수 절댓값이 작아지면 포물선이 옆으로 퍼지고, x^2의 계수 절댓값이 커지면 포물선이 가운데로 좁혀지는 모양이 돼.

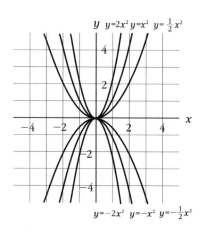

잠시 원반 공격이 멈추고 소강상태에 접어들었다.

고난도   공격을 포기했나?

황금비   그럴 리가 없어.

고난도   어, 이게 왜 이러지?

인력과 척력이 이상하게 작용했다. 몸이 밀리고 끌리며 중심을 잡을 수 없었다. 그 와중에 중심부에 있던 물건들이 완전히 부서져서 사라져 버렸다. 사방에서 척력과 인력이 종잡을 수 없게 작용했다. 몸을 가누기가 너무나 힘들었다.

황금비   이러다 당하겠어.

고난도   아, 참, 내 정신 좀 봐. 나한테 여의봉이 있었지.

고난도는 주머니에서 여의봉을 꺼내더니 수평으로 놓고 길이를 늘였다. 여의봉이 강한 힘으로 투명막을 밀었다.

황금비   여의봉으로 투명막을 깨뜨릴 수도 있지 않을까?
고난도   해 볼게.

고난도는 여의봉을 늘어나게 하는 주문을 걸었다. 그러나 투명막에 막혀 여의봉은 더는 길어지지 않았다.

고난도   전혀 효과가 없어.
황금비   여의봉 덕분에 척력과 인력에 영향을 받지 않고 중심을 잡을 수 있잖아. 그걸로 됐어. 여의봉을 이용하면 공격도 피하고, 외곽으로 빠져나갈 수도 있을 거야.

고난도는 여의봉을 키워 단단히 고정한 뒤에 그 힘을 이용해 이동했다. 덕분에 무기력하게 이쪽저쪽으로 밀리던 상황에서는 벗어났다. 원점에서 멀어지면서 원점을 지나는 이차함수 공격권에서도 벗어났다.

황금비   어… 다시 이차함수가 나타났어! 이번엔 … $y=2(x-1)^2$이야.
고난도   어떻게 된 거지? 이동 경로도 안 나타나는데….
황금비   궤도가 어떻게 되지?

고난도 포물선 꼭짓점이 $x=1$, $y=0$이 되었으니까…, 포물선 꼭짓점이 $(0, 0)$에서 x축으로 +1만큼 이동해서 $(1, 0)$이 된 거야.

황금비 꼭짓점뿐 아니야. 계산해 보면… 다른 점도… 전부 x축으로 +1만큼 이동했어.

x값	$f(x)=2x^2$	$f(x)=2(x-1)^2$
-2	8	18
-1	2	8
0	0	2
1	2	0
2	8	2
3	18	8

고난도 그럼 $2(x-1)^2$은 $y=2x^2$이 오른쪽(x축 양의 방향)으로 +1만큼 이동한 그래프로 바뀔 거야.

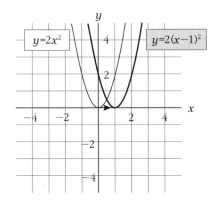

167

황금비 이런…, 우리가 있는 데를 정확히 지나가는 포물선이야. 이
     곳을 벗어나야 해.

원반이 위에서 떨어졌고 무시무시한 속도로 날아들었다. 고난도는 여
의봉을 잡고 힘껏 회전한 뒤에 그곳을 벗어났다. 황금비는 고난도 몸을
꼭 잡았다. 허공에서 뒤죽박죽 밀고 당기는 척력과 인력에 균형을 잃을
뻔했지만, 여의봉에 의지해 다시 중심을 잡았다.

황금비 이번엔 $y = \dfrac{1}{2}(x+2)^2$이야.

고난도 y값을 0으로 만드는 x값은… -2야. … 포물선 꼭짓점이
     $(-2, 0)$이 돼.

황금비 그러니까 $y = \dfrac{1}{2}(x+2)^2$은 $y = \dfrac{1}{2}x^2$을 x축으로 -2만큼 이동
     한 그래프야.

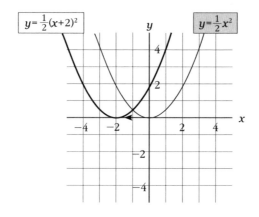

고난도   이번에도 우리가 있는 자리를 정확히 노리고 있어.

원반이 위에서 다시 날아오며 공격해 왔고, 고난도는 여의봉을 이용해 그 자리를 벗어났다. 잠시 쉴 틈도 주지 않고 또다시 이차함수가 나타났다.

황금비   이번엔 $y=-\frac{1}{2}x^2+2$이야. x^2의 계수가 $-\frac{1}{2}$이니 위로 불룩하면서 옆으로 퍼지는 그래프인데….

고난도 x가 0이면 y값은 +2가 되잖아. 그러면 $y=-\frac{1}{2}x^2+2$ 그래프는 $y=-\frac{1}{2}x^2$이 y축으로 +2 증가한 모양이 될 거야.

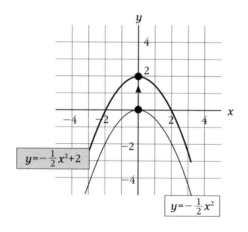

예상은 적중했다. 원반은 예상했던 길을 따라서 공격했고, 고난도와 황금비는 여의봉을 이용해서 공격 경로에서 벗어났다.

황금비   이번엔 복잡하군. $y=\dfrac{1}{2}(x-2)^2-1$이라니….

고난도   복잡한 거 없어. $\dfrac{1}{2}(x-2)^2$이니까 x축으로 +2만큼 이동하고, y축으로 -1만큼 이동한 거야.

황금비   그러니까 $y=\dfrac{1}{2}x^2$에서 x축으로 +2, y축으로 -1을 이동한 이차함수가 $y=\dfrac{1}{2}(x-2)^2-1$이 되는구나.

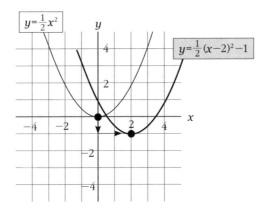

공격을 피하자 다시 이차함수가 나타났다. 이번에도 꽤 복잡한 형태였다.

황금비   이번엔 $y=-\dfrac{1}{2}(x+2)^2+1$인 이차함수야. 이건 $y=-\dfrac{1}{2}x^2$을 x축으로 -2, y축으로 +1만큼 이동한 그래프겠네. 간단하군! 이제 어떤 이차함수가 나타나도 정확히 파악하고 피할 수 있겠어.

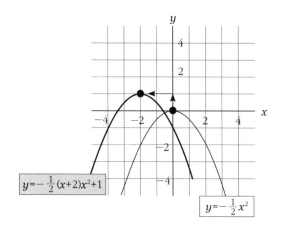

$$y=-\frac{1}{2}(x+2)x^2+1$$

$$y=-\frac{1}{2}x^2$$

어떤 공격이 와도 경로를 정확히 파악했기에 미리미리 피했다. 그러면서 여의봉을 이용해 바다 쪽으로 조금씩 이동했다. 공격은 더 거세졌지만, 위협이 되지는 않았다. 더는 공격이 먹히지 않자 비례요정과 너클리드는 공격을 멈추고 서로 의논했다. 다른 공격 수단을 찾는 모양이었다. 중심부에서 멀어지면 멀어질수록 강한 힘이 작동해서 이동하기가 쉽지 않았다. 여의봉을 이용해 거북이처럼 가는데 가방에 얌전하게 있던 자룡이가 슬쩍 고개를 내밀었다. 자룡이는 주변을 둘러보더니 푸르르 날아올랐다.

고난도   자룡아! 위험해!

자롱이는 아랑곳하지 않고 날아오르는데 이상하게 척력과 인력에 전혀 영향을 받지 않았다. 자롱이는 한쪽 투명막을 자세히 살피더니 꼬리 끝으로 툭툭 건드렸다.

고난도   자롱이가 왜 저러지?

황금비   가만…, 저기 벽에 금이 갔는데….

고난도   정말이네? 저쪽으로 가 보자.

자롱이가 꼬리로 치는 곳으로 가 보니 유리에 작은 돌멩이가 떨어진 것처럼 푹 파인 채 금이 가 있었다. 자롱이는 흠집을 꼬리 끝으로 계속 두드렸다. 흠집은 점점 깊어졌다.

황금비   저곳에 여의봉을 대고 늘이면 막이 깨지지 않을까?

고난도   좋아, 그렇게 해 보자.

고난도는 여의봉을 흠집에 맞췄다. 그러고는 주문을 걸어서 여의봉을 길게 만들었다. 여의봉이 팽창하자 투명막에 실금이 퍼지더니 구멍이 '뻥~!'하고 뚫렸다. 일단 구멍이 하나 뚫리자 고난도는 여의봉을 줄였다 키우기를 반복하며 그 구멍을 키웠다. 구멍으로 보니 동굴이 보였다.

빨리 구멍을 키워서 저 동굴로 들어가야 해. 분위기가 심상
치 않아.

너클리드와 비례요정은 원반 수십 개를 한꺼번에 띄우고 있었다. 이
차함수 수십 개가 한꺼번에 떠올라서 어떤 원반이 어떻게 날아오는지 종
잡을 수가 없었다. 너클리드가 원반을 한꺼번에 발사했다. 다행히 원반이
닿기 전에 구멍은 탈출할 만큼 충분히 커졌다.

08. 피노키오와 $h=c+bt-at^2$ 함수

: $y=ax^2+bx+c$의 그래프 :

동굴은 그리 깊지 않았으나 꽤 복잡했다. 동굴 끝은 바로 보일 만큼 가까운데 벽과 천장이 울퉁불퉁했다. 고난도가 여의봉을 줄이려고 하는데 여의봉이 제멋대로 길어졌다.

고난도　여의봉이 왜 이러지?

여의봉은 벽 쪽으로 길어지더니 멈췄다. 고난도가 아무리 줄이려고 해도 줄어들지 않았다. 자롱이도 호들갑을 떨며 동굴 안을 날아다녔다.

황금비   저쪽에 누가 있는 모양이야.

고난도와 황금비는 경계하면서 조심스럽게 다가갔다. 움푹 들어간 곳
에 목각 인형이 웅크리고 있었다. 목각 인형은 고난도와 황금비가 인기척
을 했음에도 꼼짝도 안 했다. 목각 인형 얼굴에서 긴 막대기가 뻗어 나와
동굴 끝에 난 틈새에 박혀 있었다.

자룡이   피노키오다! 피노키오다!
고난도   정말 피노키오라고?
황금비   코가 동굴 벽에 끼일 만큼 길어졌어.
고난도   네가 정말 피노키오니?

거듭 말을 걸었지만 목각 인형은 훌쩍거리기만 할 뿐 아무런 대꾸도
하지 않았다.

황금비   저 코를 어떻게 해야겠는데…, 그냥 잘라 버릴까?
목각 인형   자르면 안 돼요.

목각 인형이 다급하게 외쳤다.

황금비 그럼 어떻게 해야 해? 자르지 않으면 코를 줄일 방법이 없을 것 같은데….

목각 인형은 다시 입을 꾹 다문 채 훌쩍거렸다. 가만히 코를 관찰하던 고난도가 코를 살짝 만졌다. 목각 인형은 감각이 전해지는지 움찔거렸다. 코를 만져보던 고난도는 어떤 생각이 떠올랐는지 길어진 여의봉을 들고 왔다. 길어진 코 가까이에 여의봉을 대자 코와 여의봉이 같이 떨리더니 서로 공명을 일으켰다. 고난도는 빙그레 웃더니 여의봉 크기를 서서히 줄였다. 그러자 피노키오 코도 점점 줄어들더니 '툭, 툭' 소리가 나며 칼로 두부를 자르듯 끊어졌다. 피노키오의 코는 엄지 길이만큼만 남았고, 나머지는 두 토막으로 나뉘어 바닥으로 떨어졌다.

목각 인형 고맙습니다. 정말 고맙습니다. 당신들은 제 생명을 구해 준 은인이세요.

황금비 네 이름이 피노키오니?

목각 인형 네. 제가 피노키오예요.

고난도 아무래도 피노키오의 코와 여의봉이 무슨 관계가 있나 봐.

황금비 나도 그렇게 생각해. 전투행성에서 환상행성으로 빨려들 때 피노키오 코를 길게 하는 마법이 여의봉에 스며든 모양이야.

고난도 이래저래 참 신기하네.

고난도는 여의봉을 빙글 돌리더니 주머니에 집어넣었다. 피노키오는 몸에 묻은 먼지를 털면서 일어났다.

황금비	그나저나 너는 이 동굴에서 뭐 했어?
피노키오	저도 잘 모르겠어요. 피리 소리를 듣고 정신을 잃었는데 깨고 보니 여기였어요.
황금비	피리 소리라고?
피노키오	아름다운 선율이었어요. 아이들과 어울리다 피리 소리가 들려서 즐겁게 따라갔는데… 그 뒤로는 기억이 안 나요. 아… 참, 나는 아빠를 찾아야 하는데….
고난도	제패토 아빠 말이니?
피노키오	맞아요. 당신도 우리 아빠를 아세요?
고난도	그냥… 뭐… 책에서 봤으니까.
피노키오	저는 벌을 받아 마땅해요. 아빠를 구해야 하는데 애들과 놀다가 즐거운 소리를 듣고 그냥 따라갔거든요. 저는 나쁜 어린이예요.
고난도	아빠는… 아마… 상어 뱃속에 있을 거야.
피노키오	당신이 그걸 어떻게 알죠?
고난도	그건… 네가 주인공인 책에 그렇게 나와 있으니까.
피노키오	상어 뱃속이라니…. 흑흑흑 아빠….

피노키오는 우는 시늉을 했지만, 눈에서 눈물이 나지는 않았다. 울음에서도 큰 슬픔이 느껴지진 않았다.

황금비   혹시 이 동굴에서 벗어나는 방법은 아니?

피노키오   몰라요. 저도 정신을 차리고 보니 여기였거든요.

고난도와 황금비는 동굴 구석구석을 살폈다. 자롱이도 날아다니며 동굴을 세심하게 관찰했다. 절벽 쪽을 빼고는 빠져나갈 틈이 전혀 없었다.

피노키오   그런데 저 투명한 벽은 도대체 뭐죠?

황금비가 피노키오에게 어떤 상황인지 간단하게 설명했다.

피노키오   너클리드라면 저도 좀 알아요.

황금비   너클리드가 이곳을 창조했잖아.

피노키오   정말요? 그건 몰랐네요.

고난도   그럼 네가 너클리드를 어떻게 알아?

피노키오   저를 아껴주시는 요정님이 펼친 마법에 너클리드가 걸렸거든요.

황금비   그게 무슨 마법이지?

피노키오   제가 요정님에게 거짓말을 했을 때 요정님이 말씀해 주셨죠.

거짓말에는 두 가지 종류가 있는데, 하나는 다리가 짧아지는 거짓말이고, 다른 하나는 코가 길어지는 거짓말이래요. 저는 코가 길어지는 거짓말만 해서 거짓말을 하면 다들 코가 길어지는 줄로만 아는데, 다리가 짧아지는 거짓말도 있어요.

고난도   어떤 거짓말을 하면 다리가 짧아지고, 어떤 거짓말을 하면 코가 길어져?

피노키오   그건 저도 정확히는 모르겠어요. 그렇지만 조금은 알 것 같기도 해요. 저는 항상 남을 속이는 거짓말을 했거든요. 그러니까 다리가 짧아지는 거짓말은 자신을 속이는 거짓말일 거예요. 저는 남은 속여도 스스로는 속인 적이 없거든요.

황금비   그 말은 너클리드가 자신을 속이는 거짓말을 했다는 뜻이구나.

고난도   여기서 계속 갇혀서 지낼 수는 없어. 무슨 방법이 없을까?

피노키오   제 목숨을 구해 주셨으니 제가 도와 드릴게요.

피노키오는 주머니를 뒤지더니 작은 주머니에서 파란색 구슬 두 개를 꺼냈다.

피노키오   이 구슬은 파란 요정님께서 저에게 주신 구슬이에요. 위기에 처했을 때 쓰라고 하셨어요. 하나는 제패토 아빠를 구할 때 써야 해요. 그러니까 이 구슬 하나를 드릴게요.

황금비 이 구슬에 어떤 효능이 있지?

피노키오 요정님이 말씀하시길 이걸 적 근처에 터트리면 적이 오랫동
안 꼼짝 못 한다고 하셨어요. 적이 지닌 무기도 무용지물이
되고요. 아무튼 큰 해를 끼치지 않으면서 자신은 안전하게
빠져나갈 수 있다고 하셨어요. 요정님은 착해서 자신을 공격
하는 적도 함부로 해치면 안 된다고 하셨거든요.

황금비가 구슬을 받았다.

황금비 이 구슬을 너클리드와 비례요정이 있는 데까지 날리기만 하
면 여길 벗어날 수 있어. 문제는 이걸 저 먼 거리까지 보내는
방법인데….

고난도 그건 별로 어렵지 않아.

황금비 방법이 생각났어?

고난도는 품에서 고무줄 한 가닥을 꺼냈다. 하얀 기사가 배 경주 대결
에서 설치한 바로 그 고무줄이었다.

고난도 내 여의봉, 피노키오 코에서 떨어진 저 나무막대 두 개, 그리
고 이 고무줄과 네가 지닌 그 실을 이용하면….

황금비   새총을 만들 수 있구나! 이럴 줄 알고 고무줄을 챙겼던 거야? 넌 정말 천재야!

고난도   드디어 너도 나를 천재로 인정하는구나.

황금비   진즉부터 인정했어. 내가 잘난 척하는 꼴이 보기 싫었을 뿐.

황금비는 곧바로 새총을 만들었다. 피노키오 코에서 분리된 나무를 'V'자 형태로 여의봉에 단단히 묶었다. 'V'자 끝에 고무줄을 묶고 고무줄 중간 지점에 구슬을 감싸는 가죽을 덧댔다.

황금비   문제는 이걸로 어떻게 정확히 조준해서 쏘느냐야. 구슬이 하나밖에 없으니 단번에 성공해야 해.

고난도가 가방에서 작은 수첩을 꺼냈다. 하얀 기사에게서 받았던 바로 그 수첩이었다.

황금비   그 수첩도 챙겼어? 넌 정말 대단하구나.

고난도   한정품 수집가는 어디에서도 한정품 수집을 멈추지 않아.

황금비   그 수첩으로 거리, 속도, 시간을 측정할 수 있긴 한데….

고난도   함수를 이용하자.

고난도는 수첩을 펴고 좌표평면을 그렸다. 꼼꼼하게 수치까지 모두 표시했다.

고난도   우리가 구멍을 뚫고 들어온 지점이 여기야. 너클리드가 공격을 펼치는 곳은 이 지점이고. 운이 좋은지 모르겠지만 높이가 거의 같아. 너클리드가 있는 데는 직선거리로는 $100m$쯤 돼. 우리 위치를 원점$(0, 0)$으로 잡으면 너클리드가 있는 곳은 $(100, 0)$이야.

황금비   그러면 이차함수는 $y=ax(x-100)$이구나.[23] x^2의 계수가 되는 a 값은 지금 상태에서는 전혀 알 수가 없고.

고난도   궤도를 알려면 같은 모양과 무게인 돌로 시험발사를 해 봐야 해.

황금비   고무줄을 잡아당기는 길이와 속도가 어떤 관계인지도 미리 확인해야지.

고난도   그건 동굴 안에서 시험해 보면 되는데….

황금비   내가 나가서 쏴 볼게. 둥글게 생긴 작은 돌조각이야 여기에 많으니 구슬과 무게가 같은 걸 골라서 시험발사를 해 보자.

고난도   우리가 나간 사이에 저들이 공격해 올지도 몰라.

황금비   이제껏 보면 저들은 공격하기 전에 준비 시간이 필요했어.

---

23 y가 0일 때의 값이 0 또는 100이므로 이를 만족하는 식은 $y=ax(x-100)$이다. 여기서 a는 x^2의 계수인데 이 상태에서는 어떤 값인지 알 수가 없다.

빨리 시험발사를 하고, 그 궤도를 파악한 뒤에 구슬을 발사

하면 돼. 정 위험하면 나갔다 들어오기를 반복해도 될 거야.

고난도　저들이 의심하지 않을까?

황금비　우리가 이 구슬을 가졌는지는 전혀 몰라. 그러니 아마 돌로

자신들을 공격하는 줄 알 거야. 이 정도 공격에 긴장할 리 없

어. 이런 싸움에서는 방심하는 쪽이 당하기 마련이야.

고난도　그래. 전투는 네가 많이 치러 봤으니 네 말을 믿을게.

고난도와 황금비는 의논이 끝나자 재빨리 계획대로 진행했다. 일단 바닥에서 구슬과 무게가 같은 돌을 골랐다. 고무줄에 돌을 걸어서 잡아 당기는 길이에 따른 초기 속도도 확인했다. 나가서 어떤 식으로 움직일지 순서를 정했다. 먼저 고난도가 여의봉으로 새총을 고정하고, 황금비가 쏘면, 자롱이가 수첩을 이용해 속도와 궤도를 측정하기로 했다. 쏘는 횟수는 상황을 봐서 판단하기로 했다.

위협이 되는 움직임은 전혀 없었다. 준비를 다 마치고 고난도가 먼저 나갔다. 너클리드와 비례요정은 서로 이야기를 나누다가 밖으로 나온 고난도를 보고 황급히 공격 준비를 했다. 고난도는 여의봉을 늘여서 새총을 단단히 고정했다. 이어서 황금비가 적당한 각도로 작은 돌을 발사했다. 자롱이가 속도와 궤도를 측정해서 기록했다. 처음 쏜 돌은 목표지점에서 $10m$쯤 넘어가서 떨어졌다. 두 번째 쏠 때는 잡아당기는 힘은 그대로 유지하고 각도를 조금 더 높여서 돌을 쐈다. 둘째 돌은 목표지점에서

$10m$ 앞에 떨어졌다. 셋째 돌은 그 중간 각도로 쐈다. 돌이 날아가는데 투명막에 이차함수, 네 개가 잇달아 나타났다. 너클리드가 공격 준비를 끝냈다는 신호였다.

고난도   어디 떨어지는지는 내가 확인할 테니 빨리 들어가!

자롱이를 먼저 들어가게 하고, 황금비가 다음으로 동굴로 들어갔다. 원반이 위와 아래에서 동시에 발사되었다. 돌은 너클리드 근처에 떨어졌다. 고난도는 마지막까지 돌이 떨어지는 지점을 확인하고 여의봉을 재빨리 줄인 뒤에 그 자리를 벗어났다. 고난도가 구멍으로 들어가자마자 원반이 그 자리를 지나갔다. 너클리드는 바닥에 떨어진 돌을 집어 들더니 협곡이 떠나갈 듯이 크게 웃었다.

너클리드   하하하, 그런 작은 돌을 쏴서 우리에게 대적하겠다는 거냐? 이곳에서는 아이템을 못 쓰니 미치겠지? 하하하! 더 도망갈 데도 없고. 어디 끝까지 싸워 보자. 시간은 우리 편이다. 도망치고 싶으면 안전띠를 풀고 이곳에서 사라져라. 물론 너희들은 무사히 빠져나가겠지만 그 목걸이는 내가 걸어 놓은 금제 때문에 짧게나마 네 아바타와 분리되고, 그 순간에 그 목걸이는 우리 차지가 될 것이다. 하하하! 드디어, 잃어버린 꿈을 되찾게 되는구나. 하하하!

너클리드는 박장대소하며 연신 공격을 퍼부었다. 강력한 원반이 구멍 밖을 헤집고 다녔다. 공격이 멈출 때까지 일단은 기다려야 했다.

고난도   네 말대로 방심하네.

황금비   세 번째 쏜 돌은 어떻게 됐어?

고난도   정확히 떨어졌어.

황금비는 자롱이가 기록한 값을 보더니 빙그레 웃었다.

황금비   측정값이 정확하니 제대로 공격할 수 있어. 각도는 $45°$, 잡아 당기는 거리는 $65cm$야.

고난도   기다리는 동안 이차함수가 어떻게 되는지 정리해 보자. 자롱이가 측정한 값이… $x=20$일 때 $y=16$이었어. 이걸 대입해 보자.

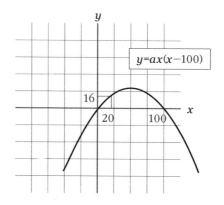

$$y=ax(x-100) \leftarrow (x=20, y=16)$$

$$16=a\times20(20-100)$$

$$16=-1600\times a \quad \therefore a=-\frac{1}{100}$$

고난도 a가 $-\dfrac{1}{100}$ 이니 이걸 원래 식에 대입해 보면….

$$y=-\frac{1}{100}x(x-100)=-\frac{1}{100}x^2+x$$

고난도   이 식을 완전제곱식 형태로 바꾸면….

$$y=-\frac{1}{100}(x^2-100x+50^2-50^2)$$

$$y=-\frac{1}{100}(x^2-100x+50^2)+25$$

$$y=-\frac{1}{100}(x-50)^2+25$$

고난도   그렇군. $y=-\dfrac{1}{100}x^2+x$는 $y=-\dfrac{1}{100}(x-50)^2+25$와 같아.

그러니까 $y=-\dfrac{1}{100}x^2$인 식을 x축으로 50, y축으로 25 이

동한 거나 마찬가지야.[24]

---

24   $y=ax^2+bx+c$의 그래프.

$y=a(x-p)^2+q$ 형태로 바꾸면 그래프 모양이 명확히 드러난다.

$y=ax^2+bx+c$

$\quad =a(x^2+\dfrac{b}{a}x)+c=a[x^2+\dfrac{b}{a}x+(\dfrac{b}{2a})^2-(\dfrac{b}{2a})^2]+c$

$\quad =a[x^2+\dfrac{b}{a}x+(\dfrac{b}{2a})^2]-a(\dfrac{b}{2a})^2+c$

$\quad =a(x+\dfrac{b}{2a})^2+\dfrac{4ac-b^2}{4a}$

$\quad \therefore y=ax^2+bx+c$의 꼭짓점은 $(-\dfrac{b}{2a}, \dfrac{4ac-b^2}{4a})$

황금비   원반이 사라졌어. 준비해.

황금비는 '기울기 45°, 당기는 길이 65*cm*'를 계속 중얼거렸다. 하나, 둘, 셋에 맞춰 고난도가 먼저 나가서 여의봉을 고정했다. 황금비는 곧바로 구슬을 장착한 뒤에 잡아당겼다. 자롱이가 수첩을 들고 각도와 잡아당기는 길이가 맞다고 확인했다. 너클리드는 그럴 줄 알았다는 듯이 공격을 준비했고, 곧바로 이차함수가 투명막에 떴다. 황금비는 잠시도 지체하지 않고 구슬을 발사했다.

고난도   빨리 들어가.

자롱이가 먼저, 황금비가 다음에 들어갔다. 원반이 날아들었다. 여의봉을 줄이고 구멍으로 들어가는데 원반이 신발을 스치고 지나갔다. 신발 일부가 가루가 되어 부서졌다.

황금비   괜찮아.
고난도   휴… 아슬아슬했어.
황금비   구슬은 제대로 맞았을까?
고난도   확인을 못 했어…
자롱이   투명막, 투명막!
황금비   어! 투명막이 점점 얇아져.

고난도	그러네. 제대로 맞았나 봐. 이 소리는 뭐지?

협곡 안으로 크르릉 소리가 울렸다. 궁금했지만 위험하기에 밖으로 나가 볼 수는 없었다. 소음이 점점 커지더니 불이 붙은 드론이 협곡 아래로 떨어졌다. 드론이 떨어지자 투명막은 완전히 사라지고, 협곡이 다시 그 모습을 드러냈다.

고난도	저거 보여?
황금비	나도 봤어.
고난도	너클리드와 비례요정이 완전히 굳었네. 크크크!
황금비	이 절벽에서 아래로 내려가야 해.
고난도	저기 봐. 좁기는 하지만 절벽에 길이 있어.
황금비	어, 그러네. 어쩐지.
피노키오	맞아요. 기억나요. 피리 소리를 듣고 올 때 잠깐 기억이 돌아왔는데 저 길을 타고 왔어요.

고난도는 여의봉에 묶인 고무줄과 막대기를 챙겼다. 일행은 절벽으로 난 길을 타고 조심스럽게 내려갔다. 길은 협곡 입구까지 이어졌다. 배에 도착하자 황금비가 돛 위로 올라가서 비례요정과 너클리드를 스카프 실로 묶은 뒤에 끌고 내려왔다. 황금비는 너클리드 몸을 수색해서 수상한 물건은 모조리 빼앗았다. 시간이 한참 흐른 뒤에야 비례요정과 너클리드

는 정신을 차렸다. 얼굴 근육은 풀어졌으나 몸은 여전히 마비된 상태였다.

너클리드 그건 도대체 무슨 아이템이었지? 이곳에서는 너희들이 쓰는 아이템은 전혀 먹히지 않을 텐데… 지킬 박사한테 받은 아이템도 무력화했는데… 도대체 어디서 그런 아이템을 얻은 거냐?

황금비 저기 피노키오 보이죠?

너클리드 이런… 그 생각을 못 하다니… 그 요정이… 제기랄.

비례요정 넌 정말 퀸이 되려는 거야?

황금비 아니면 제가 여기 왜 있겠어요.

비례요정 퀸은 바로 나야. 내가 바로 퀸이라고.

황금비 안타깝네요. 그렇지만 당신에게는 목걸이가 없고, 제게는 있죠. 그리고 지금 당신들은 제 손아귀에 있고…. 이제 어떻게 할까요? 이대로 소멸시켜 드릴까요? 정식으로 공항을 통해 들어오지 않았으니 소멸이 되면 당신들은 어떻게 될까요?

너클리드 그… 그건… 안 돼. 여기서 소멸하면… 모든 걸 잃어.

황금비 다 잃는다고요?

너클리드 이곳에서 소멸한 아바타는 무조건 공항으로 가게 되는데… 우린 공항으로 들어오지 않았기에… 바이러스나 환상행성 내에서 만들어진 캐릭터로 취급당해. 공항은 우리를 그냥 소멸시켜. 이 소멸은 메타버스에서 알짜힘이 떨어져서 소멸하는 것과는 차원이 달라. 그냥 존재를 지워 버리는 거야. 다시 메타버스에 아바타를 만들어 들어오는 것도 오랫동안 금지당해. 제발 그것만은 안 돼.

황금비   그 말을 듣고 보니 당신들을 더 소멸시키고 싶네요.

비례요정   그럼 네 친구들도 마찬가지 꼴이 될 거야.

황금비   제 친구들이 어디 있는지 알아요?

비례요정   우릴 풀어 줘. 그럼….

황금비   속임수.

비례요정   아니야. 어디 있는지 알아.

그때 고난도가 황금비를 따로 불렀다.

고난도   저들이 필요해.

황금비   왜?

고난도   저들뿐 아니라 친구들도 공항을 거치지 않고 들어왔어.

황금비   그러네. 나가려면 저들과 같이 가야 하는구나.

고난도   이곳에 몰래 들어왔으니 돌아가는 길도 알 거야.

황금비   그래. 좋아. 어차피 실에 묶여서 꼼짝도 못 하니까.

황금비는 고난도 의견을 받아들였다.

황금비	좋아요. 친구들을 구하는 걸 도와줘요. 그리고 제 친구들을 데리고 이곳에서 나가는 것까지 도와줘요. 그 실은 제가 아니면 못 푼다는 건 잘 알죠? 친구들과 나가서 수학탐정단 사무실에서 기다려요. 모든 문제가 해결되면 제가 가서 실을 풀어 드리죠.
너클리드	이 실에 계속 묶여 있으라는 거야? 그건 좀 심한데….
황금비	싫으면 여기서 끝내 줄게요.
너클리드	아, 아니야. 좋아. 받아들일게.
황금비	제 친구들은 지금 어디에 있죠?
비례요정	상어 배 속에 있어.
피노키오	상어 배 속이면 저희 아빠와 같이 있다는 건가요?
비례요정	아마 그럴 거야.
고난도	그 상어가 어디 있는지는 아나요?
비례요정	협곡을 빠져나가서 오른쪽 해안선을 쭉 타고 가면 큰 만이 하나 나와. 상어가 주로 머무는 곳이야.
황금비	좋아. 일단 그곳으로 먼저 가자.

일행은 나룻배를 타고 협곡을 지나갔다. 협곡은 곧바로 바다로 이어졌고, 멀지 않은 곳에 아름다운 섬이 있었다. 바로 퀸의 섬이었다. 해안선을 따라 오른쪽으로 방향을 돌리려는데 퀸의 섬 뒤편에서 보라색 섬광이 일렁였다.

고난도	저게 뭐죠?
너클리드	피타고X가 비행선을 만들 때 나오는 빛인데 거의 80%를 완성했다는 의미야.
황금비	완성할 때까지 얼마나 걸리죠?
너클리드	그건 기계를 얼마나 능숙하게 조작하느냐에 따라 다르겠지만 대략 12시간이면 완성할 거야.
황금비	상어한테서 친구들을 구하고, 퀸의 의자에 앉기까지 시간이 충분할까?
고난도	시간이 넉넉하지 않을지도 몰라. 그동안 아무 일이 벌어지지 않는다고 장담할 수도 없어.
너클리드	제페토 아빠는 이곳에서 탄생한 캐릭터라 상어 배 속에서 오래 버티지만, 너희 친구들은 그리 오래 못 버틸걸. 상어 배 속에서 소멸하면 어찌 되는지는 내가 이미 말했고.

너클리드가 비릿하게 웃었다. 그 말을 듣자마자 고난도는 나룻배를 해안선에 댔다.

황금비	뭘 어떻게 하려고?
고난도	내가 자롱이, 피노키오와 같이 친구들을 구할게. 너는 저 섬으로 가서 퀸의 자리를 차지해.
황금비	혼자서 할 수 있겠어?

| 고난도 | 내 걱정은 마. 나에게는 피노키오도 있고, 자롱이도 있잖아. |
| 황금비 | 좋아. 그렇게 하자. 조심해. |

황금비는 혼자 배를 타고 퀸의 섬으로 갔다. 나머지 일행은 친구들을 구하기 위해 상어가 있는 만으로 걸어갔다. 만을 둘러싼 절벽이 제법 높았다. 언뜻 봐도 수심이 꽤 깊은 만이었다. 지형만 보면 항구로 사용하기에 좋은 장소였다. 절벽 길을 따라서 걸어가는데 갑자기 상어가 나타났다. 상어는 그 크기가 어마어마하게 컸다. '물고기와 어부들의 마왕'이란 이름에 어울렸다.

| 피노키오 | 저 괴물 뱃속에 우리 아빠가 계시다니…. |

피노키오는 곧 울 듯이 눈시울을 붉혔으나 목각 인형이기에 눈물이 흐르지는 않았다. 상어는 거대한 대리석 바위에서 놀다가 바다에 떨어진 염소를 잡아먹으려고 달려들었다. 염소는 도망치려고 발버둥을 쳤다.

| 고난도 | 자롱아. 상어가 사냥할 때 헤엄치는 속도를 측정해 봐. |
| 자롱이 | 속도 측정. 속도 측정. |

상어는 염소가 섬에 다시 오르기 전에 낚아채서 한입에 꿀꺽 삼켜 버렸다. 거대한 입으로 염소가 빨려드는 광경은 보는 이로 하여금 공포에

젖게 했다.

> _{자룡이} 사냥 시 이동속도, 초속 12m임.

사냥을 끝낸 상어는 바닷속으로 다시 몸을 감추었다.

제법 큰 배가 항구에서 출항했다. 배에는 수많은 동물과 아이들이 타고 있었다. 장난을 심하게 치던 중에 당나귀 한 마리가 물에 빠지고 말았다. 선원들은 당나귀를 구할 생각은 안 하고 서둘러 그 자리를 벗어났다. 당나귀는 애타게 울부짖었지만 배는 당나귀를 내버려두고 내달렸다. 당나귀는 가까운 섬을 향해 헤엄쳤다. 이번에도 상어가 나타났다.

고난도   선원들도 상어가 무서워서 그냥 가 버리는구나.

너클리드   너희 힘으로는 절대 저 상어를 막지 못한다. 이 실을 풀어 주기만 하면 내가 도와주마.

고난도   자룡아, 상어 이동속도를 측정해. 너클리드 아저씨! 그 실은 금비 아니면 아무도 못 풀어요. 그리고 아저씨 도움 없이도 충분히 친구들을 구할 수 있으니 염려 붙들어 매세요.

비례요정   정말 안 풀어 줄 거야?

고난도   한정판 립스틱이나 내놔요. 그거 받기 전에는 황금비한테 풀어 주지 말라고 할 테니까 그렇게 알아요.

자룡이   속도 측정, $12m/s$임.

고난도   상어가 먹이를 노리고 헤엄치는 속도는 일정하구나.

고난도는 절벽 위에 쪼그리고 앉아 바다를 내려다보며 한참 동안 고민했다. 가끔 바닥에 그림을 그리기도 하고, 작은 돌멩이를 들어서 바다로 던지기도 했다. 이런저런 고민을 이어가던 고난도는 만 가운데에 자리 잡은 새하얀 바위섬을 한동안 주목하더니 느릿하게 몸을 일으켰다.

피노키오   우리 아빠를 구할 방법을 찾았어요?

고난도   방법은 얼추 찾았는데… 두 가지 문제가 있어. 하나는 쉽고, 다른 하나는 어려워.

피노키오   뭔데요? 제가 도울 수 있는 일이면 도울게요.

고난도   하나는 간단해. 네가 아끼는 그 구슬을 사용해야 해.

피노키오   당연히 우리 아빠를 구하는 데 써야죠.

고난도   둘째는… 상어를 끌어들일 미끼가 필요한데…. 마땅치가 않아. 저들을 쓸 수도….

비례요정   설마 우리를 상어 먹이로 던져 주려는 거야?

너클리드   어떻게 그런 잔인한 짓을….

고난도   생각 같아서는 미끼로 던져 놓고 싶지만, 친구들을 구해서 나가려면 당신들이 필요하기 때문에 그런 일은 없을 테니 걱정하지 마세요.

피노키오 그 미끼… 제가 할게요.

고난도 자칫 실수하면 상어에게 잡아 먹혀.

피노키오 괜찮아요. 전 그동안 말썽만 부리고 살았어요. 아빠를 구하
는 일이라면 뭐라도 할게요. 만약 상어에 먹힌다면… 그건
제가 잘못을 저지른 대가로 벌을 받는 거예요.

고난도 정말 괜찮겠어?

피노키오 괜찮아요. 전 목각 인형이라 물에 잘 뜨고 수영도 잘해요.

고난도는 항구로 가더니 작은 배를 한 척 빌렸다. 배에 밧줄과 부표도
실었다. 나무로 새총을 만든 뒤에 구슬과 무게가 같은 돌멩이를 구해서
여러 차례 쏘는 연습도 했다. 고무줄을 잡아당기는 길이에 따라 날아가
는 속도를 꼼꼼하게 확인하고, 각도와 초기 속도에 따라 떨어지는 거리
도 세세하게 확인했다. 자롱이가 준비 과정을 함께 하며 하나도 놓치지
않고 기록했다.

준비를 마치자 너클리드와 비례요정은 항구 옆에 묶어 둔 채 피노키
오, 자롱이와 함께 배를 타고 하얀 섬으로 갔다. 피타고라스 정리를 이용
해서 섬 높이를 재니 $10m$였다. 섬에 배를 대고는 섬 높이를 표시한 그림
을 다시 그리더니 꼼꼼하게 계산했다. 혹시 오류가 생길까 봐 여러 번 반
복해서 계산했다. 그러고는 조심스럽게 배를 몰아서 섬에서 $60m$ 떨어진

지점에 부표[25]를 띄웠다. 그 부표를 중심으로 반지름이 $60m$ 되는 지점에 부표 여러 개를 띄웠다. 그러고는 다시 섬으로 돌아왔다. 섬에 배를 대고 가장 높은 데로 올라갔다. 섬에서 보니 $60m$ 지점에 원의 중심이 있고, 반지름 $60m$ 거리에 놓인 부표가 마치 원을 그리는 듯한 모양이었다.

피노키오	제가 어떻게 하면 되죠?
고난도	이제부터 내가 하려는 계획을 설명해 줄게. 자롱이 너도 봐. 네 역할도 중요해.
자롱이	자롱이 준비됨.

고난도는 수첩에 그린 그림을 피노키오와 자롱이에게 보여 주었다.

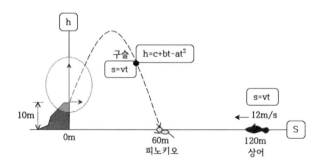

---

25 부표.
바다나 강 위에 띄워서 뱃길을 알려주거나 암초의 위치를 알리는 표지판.

피노키오 그림을 보니 얼추 알겠어요. 제가 가운데 부표 지점에 있다가 상어가 바깥 부표 지점에 나타나면 정확히 상어가 다가오는 곳과 반대 방향으로 도망을 치면 되네요.

고난도 맞아. 그래야 상어가 가운데 부표 지점으로 올 테고, 나는 상어가 그곳을 지나가는 시간에 정확히 떨어지도록 구슬을 쏠 거야.

피노키오 시간과 속도는 정확히 계산한 거죠?

고난도 정확히 계산했어.

피노키오 믿어요. 그렇지만 우리 아빠를 구하는 일이라 저도 확신이 필요해요.

고난도 이해해. 나도 내 친구들을 반드시 구해야 해.

고난도는 그림 아래에 계산 과정을 꼼꼼히 쓰면서 설명했다.

고난도 공식이 두 개 필요한데 먼저 간단한 것부터 설명할게. 거리는 시간 곱하기 속도($s=vt$)야. 상어가 헤엄치는 속도는 $12m/s$, 따라서 $60m$를 헤엄쳐서 오는 시간은 5초야.

$$S=V \cdot T \qquad 60m=12 \cdot T \qquad T=5초$$

고난도 구슬을 정확히 맞춰서 쏴야 하는데 구슬은 포물선으로 날아가. 포물선으로 쏠 때는 두 가지 방향의 힘을 고려해야 해. 왜냐하면 포물선은 사선으로 쏴야 하기 때문이지.

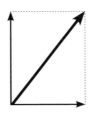

고난도 가로 방향은 $S=V \cdot T$야. 이 거리는 상어가 중앙 부표까지 접근하는 거리와 같아. 따라서 상어가 경계선을 지날 때 동시에 구슬을 쏜다고 생각하면 정확히 5초가 걸려야 하고, 그러면 가로 방향의 속도는 $12m/s$여야 해.

피노키오 그건 이해했어요. 그런데 위쪽은 어떻게 되죠?

고난도 그게 조금 복잡한데… 함수가 필요해. 세로는 높이만 계산하면 돼. 왜냐하면 구슬은 가로와 세로의 힘이 합쳐서 운동하기 때문이지. 그래서 초기 속도에 따라 높이가 어떻게 변하는지 함수를 세우려면… 먼저 초기 높이가 필요해.

피노키오 초기 높이는 $10m$죠.

고난도 위로 쏘아 올리는 속도에 따른 위치는 $S=V \cdot T$ 공식을 이용해. 만약 다른 힘이 전혀 작용하지 않는다면 이 구슬은 $S=V \cdot T$ 공식에 따라서 위쪽으로 한없이 올라갈 거야.

피노키오   그럴 순 없죠. 중력이 작용하니까. 저도 공부는 잘 안 했지만, 중력이 있다는 건 알아요.

고난도   중력은 그냥 작용하지 않아. 가속도가 작용하지. 시간이 지날수록 점점 빨라져. 그러니까 $S=V \cdot T$인데 V가 계속 변하는 거야. V는 시간에 따라서 빨라져. 그걸 식으로 나타내면 $V=g \cdot T$ (g는 중력가속도)가 돼. $V=g \cdot T$를 $S=V \cdot T$에 대입하면 아래로 작용하는 거리 S는 $g \cdot T^2$이 돼.

피노키오   그건 위로 올라가는 거리에서 **빼야** 하겠네요. 아래로 작용하니까.

고난도   그렇지. 그래서 식을 세우면 높이 $h=c+bt-at^2$ (c : 초기 높이. $b=V$: 초기 속도. $a=g$: 중력가속도)이 돼. 내가 돌을 던지면서 측정해 보니 중력가속도는 $10m/s^2$이었어.[26] 5초 뒤에 높이가 0이 되게 하는 초기속도(v)를 구하면 다음과 같아.

$$h=c+bt-at^2$$
$$0=10+v \cdot 5-10 \cdot 5^2$$
$$5v=240. \quad \therefore v-48m/s$$

고난도 $V=48$로 놓고 h가 0이 되는 시간을 구해보면 다음과 같아.

---

26   실제 중력가속도는 $9.8m/s^2$이다. 여기서는 계산의 편의를 위해 $10m/s^2$으로 설정했다.

수학탐정단과 이차방정식의 개념

$$0 = 10 + 48t - 10t^2$$

$$0 = (5 - t)(2 + 10t)$$

$$\therefore t = 5$$

피노키오   딱 떨어지네요.

고난도   그러니까 구슬을 가로로 $12m/s$, 세로는 $48m/s$가 되게 쏴 야 해.

피노키오   실제로는 그렇게 나눠서 쏠 수가 없잖아요?

고난도   그래서 필요한 게 피타고라스 정리지.

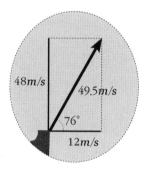

고난도   가로 12, 세로 48인 직각삼각형이라 생각하고, 빗변의 길이 를 피타고라스 정리를 이용해서 구하면 대략 $49.5m/s$가 나 와. 수평면과 빗변 사이의 각도는 $76°$가 돼.[27]

---

27   삼각함수를 이용해 각도를 구할 수 있다. 이 각을 구하는 방식은 수학탐정단 6권에서 자세 히 다루므로 여기서는 자세한 계산 방법은 생략한다.

피노키오	그러니까 수평면으로 76°, 초기 속도 49.5m/s로 쏘면 정확히 5초 후에 부표 위치에 떨어져서 상어를 맞추겠군요.
고난도	그렇지. 바로 그거야.
피노키오	정확하네요.
고난도	자롱이는 내 옆에서 각도와 속도, 길이가 맞는지 확인해 줘.
피노키오	저는 조용히 부표까지 간 뒤에 부표에 도착하면 요란스럽게 떠들게요.
고난도	부표까지 가는 도중에 상어에게 들키면 안 돼.
피노키오	걱정하지 마세요. 저는 목각 인형이라 물에 잘 떠요. 조용히 흘러가듯이 헤엄치면 상어는 제가 있는지도 모를 거예요.

피노키오는 용감하게 바다로 내려갔다. 그 사이에 고난도는 바위에 줄을 단단히 묶었다. 피노키오는 조용히 헤엄쳐서 부표가 있는 데로 갔다. 섬 위로 다시 올라온 고난도는 새총을 잡고 각도와 잡아당기는 길이를 확인하고는 심호흡을 했다. 서로 수신호를 주고받았다. 피노키오는 부표를 붙잡고 발버둥을 치며 '살려 주세요' 하며 고함을 질러 댔다. 피노키오가 소란을 피운 시 30초도 되지 않아 상어가 바다 위로 떠 올렸다.

자롱이	상어! 상어가 나타났음.

고난도는 피노키오에게 상어가 나타난 방향을 수신호로 알려 주었다. 피노키오는 긴장하며 도망갈 방향을 확인했다.

고난도	각도, 잡아당기는 길이를 확인해 줘.
자롱이	조금만 위로⋯ 조금 더 길게⋯ 정확함.
고난도	상어 위치를 불러 줘.
자롱이	$200m$⋯ $180m$⋯ $150m$⋯ $130m$⋯.

자롱이는 몸을 흔들어 피노키오에게 신호를 보냈고, 피노키오는 상어가 접근하는 반대 방향으로 헤엄쳤다. 상어는 엄청난 속도로 질주해 왔다. $120m$를 통과한 순간에 고난도가 구슬을 쐈다. 구슬은 포물선을 그리며 하늘로 날아갔다. 피노키오는 있는 힘껏 헤엄쳤다. 구슬을 쏜 고난도는 머뭇거리지 않고 배가 있는 데로 뛰어내렸다. 배에 올라타서는 밧줄을 묶은 여의봉을 집어 들었다. 그 사이에 피노키오는 제법 멀리 헤엄쳤다. 상어가 부표 근처까지 왔다. 상어는 무시무시한 입을 벌리고 피노키오를 한입에 삼키려고 달려들었다. 상어가 부표를 지나는 바로 그 순간, 포물선을 그리던 구슬이 상어 지느러미에 정확히 떨어졌다. 파란 구슬이 터지며 거대한 막을 형성했다. 상어는 입을 벌린 채 막 안에 갇혔고, 그대로 몸이 굳어 버렸다.

고난도는 있는 힘껏 배를 몰아서 상어에게 갔다. 넓게 벌어진 상어 입에 여의봉을 넣더니 길이를 늘였다. 여의봉이 늘어나며 상어의 입은 더 크게 벌어졌다. 고난도는 배를 다시 몰아서 피노키오에게 갔다. 피노키오는 환호성을 지르며 배에 올라탔다. 다시 섬으로 간 고난도는 밧줄을 잡아당겼다. 온 힘을 다해 상어를 섬 가까이 끌어당긴 다음, 밧줄로 상어를 꽁꽁 묶어서 섬에 고정했다. 혹시 상어가 깨어나도 탈이 없도록 한 예방 조치였다.

고난도는 어부에게서 빌린 칼과 손전등을 들고 상어 입 안으로 들어 갔다. 피노키오도 함께 들어갔다. 마치 진흙으로 만든 터널 같았다. 진득 진득한 식도를 지나니 거대한 위가 나왔다. 위에는 온갖 물건과 많은 동물 사체가 있었다. 불빛을 이곳저곳 휘두르는데 목소리가 들렸다.

고난도	애들아!
피노키오	아빠!

피노키오는 두 팔을 벌리고 달려가 아빠 목에 매달렸다. 피노키오는 눈물을 뚝뚝 흘리며 아빠와 재회한 기쁨을 만끽했다. 옆에서 지켜보는 이들은 감동 어린 장면에 눈시울을 붉혔다.

연산군	고마워. 구하러 와 줘서.
나우스	제가 뭐랬어요, 믿어야 한다고 했잖아요.
미지수지	잔뜩 걱정에 빠져서 안절부절못해 놓고서…. 그나저나 금비는 밖에 있어?

고난도	조금 복잡한 사연이 생겼어. 나가서 얘기해 줄게. (피노키오에게) 빨리 나가자. 상어가 깨어나면 힘들어져. 제패토 님! 상봉한 기쁨은 알겠지만, 지금은 상어 배 속에서 빨리 빠져나가야 할 때입니다.
제패토	내 정신 좀 봐. 그러세. 일단 빨리 빠져나가야지.

고난도가 전등을 켜고 앞장서는데 뒤에서 소란이 일었다. 부딪치고 깨지고 넘어지는 소리였다. 일행은 일제히 긴장하며 뒤를 돌아봤다.

고난도	어, 아저씨가 여기 왜 있어요?
제곱복근	눈을 떠 보니 여기였어. 나도 어찌 되었는지 잘 몰라.
고난도	이해가 안 되네요. 일단 나가죠.

고난도는 들어오는 길에 밧줄을 늘어뜨려 놓았다. 혹시라도 벌어질지 모르는 사태를 막기 위해서였다. 밧줄 덕분에 나가는 길은 아주 편했다. 상어 입을 빠져나올 때까지 상어는 처음 굳은 상태 그대로였다. 일단 바다에서 벗어나는 게 급선무였기에 배를 타고 항구로 들어왔다. 피노키오와 제패토 아빠가 상봉하는 기쁨을 맛보는 동안 고난도는 그동안 겪었던 일을 설명했다. 미지수지는 자신이 겪은 일을 자세히 알려 주었는데 특히 주목할 점은 바로 피리 소리였다.

마지수지   마차를 타려는 나우스와 연산균을 발견하고 뛰어갔는데 갑자기 피리 소리가 들리는 거야. 그 소리는 마치 꿈결에 듣는 달콤한 속삭임 같았어. 내가 늘 듣고 싶었던, 내가 늘 갈망하던 말이 들리는 거야. 가슴이 괜히 쿵쾅거리고, 그 소리가 끊어지면 모든 삶이 붕괴할 듯한 느낌에 빠져들었어. 아주 잠깐씩 정신이 돌아왔는데 몽롱한 안개를 헤매는 기분이었어. 그러다 정신을 차려보니 상어 배 속이었어. 처음에는 상어 배 속인 줄도 몰랐어. 제패토 님을 만난 뒤에야 우리가 상어 배 속에 갇힌 줄 알게 됐지.

고난도   그 피리 소리가 황금비에게도 큰 위협이 되겠구나. 혼자 갔는데….

피노키오와 제패토 할아버지는 기쁨을 충분히 만끽하고 난 뒤에 감사 인사를 거듭하고는 떠났다. 고난도는 너클리드와 비례요정에게 친구들과 같이 환상행성을 빠져나가라고 말하고는 자신은 황금비에게 가겠다고 했다.

마지수지   우리도 도와야지.

고난도   너희들은 여기서 잘못되면 완전히 끝장나. 그러니까 돕고 싶으면 완전히 빠져나갔다가 공항을 통해서 다시 와. 공항을 통해 들어오면 소멸해도 아무런 피해가 없어. 나는 지금 당장 황금비를 도우러 가야 해.

미지수지   알았어. 그러면 빨리 빠져나갔다가 다시 돌아올게. 퀸의 섬이라고 했지?

고난도   그래. 퀸의 섬으로 와.

제곱복근   나도 너와 같이 가마.

고난도   아저씨도 공항으로 들어왔나요?

제곱복근   나한테는 그딴 게 중요하지 않아.

고난도   아저씨한테는 따로 물어볼 게 많아요. 일단 한 사람이라도 힘을 더하면 좋으니 빨리 금비를 도우러 가요.

    고난도는 친구들과 헤어져 퀸의 섬을 향해 배를 몰았다. 배에서 제곱복근에게 궁금한 점을 물었으나 제곱복근은 시원한 대답은 하나도 해 주지 않았다. 제곱복근 정체가 몹시 궁금하고, 의문점이 한둘이 아니었기에 무척 답답했다. 제곱복근은 때가 되면 말해 주겠다고 했지만, 그때가 언제인지는 확답을 피했다. 만을 벗어나서 해안선을 따라가니 곧바로 퀸의 섬이 나타났다. 배를 퀸의 섬에 정박하려는데 귀가 먹먹해지는 폭발음이 울렸다. 지독한 귀울음에 정신이 혼미해질 지경이었다. 폭발음으로 인한 충격이 잦아지자 이번에는 사악한 웃음이 울려 퍼졌다. 물살이 부들부들 떨고, 나무들이 곁가지를 움츠릴 만큼 잔혹하고 사악한 웃음이었다.

※ 이야기는 수학탐정단 시리즈 최종화(6권. 중학교 3학년 2학기 수학)으로 이어집니다.